Henrike Lang, *Apfelduft*

Henrike Lang

Apfelduft

Roman

konkursbuch
Verlag Claudia Gehrke

Kapitel

Eine verdammt zähe Liebesgeschichte

Judith lernte ich im Januar 1989 auf der Geburtstagsfeier ihres Bruders, Thilo, kennen. Ich wusste, dass sie kommen würde, und bereitete mich auf einen angemessenen Umgang mit ihr vor. »Sie ist charmant, aber total verrückt«, weihte Thilo, mit dem ich ein germanistisches Proseminar teilte, mich ein. »Pass auf. Leichen pflastern ihren Weg. Es war nicht leicht, ihr kleiner Bruder zu sein.« Doch in der Ecke stand nur eine kleine pummelige Frau mit kurzen schwarzen Haaren – so schüchtern, dass sie beim Sprechen einatmete und man sie oft nicht verstand. Ich konnte nicht erkennen, was an ihr gefährlich sein sollte, und verstand mich bald mit ihr, denn sie war sehr belesen.

Sie war allerdings auch sehr einsam, so einsam, dass sie sich auf der Stelle in mich verliebte. Judith fand, ich sei eine enorme Herausforderung und genau die brauche sie, um mit dreiundzwanzig endlich ins volle Leben hinauskatapultiert zu werden. Mit mir, glaubte sie, würde es nie langweilig und an meiner Seite käme man gar nicht umhin, persönlich zu wachsen. Wie ein dehydrierter Frosch, der todesmutig in einen neuen Teich hüpft, nicht wissend, ob dort Raubfische sind.

Ihr Mut – ich bin tatsächlich nicht einfach, sondern impulsiv, verschwenderisch, leidenschaftlich auch in der Verirrung – beeindruckte mich so, dass ich ihrem Werben nachgab, obwohl ich sie physisch nicht sonderlich anziehend fand. Meine vorige Freundin hatte lange kastanienbraune Locken gehabt und einen riesigen Busen. Da konnte dieses verzweifelte Neutrum kaum punkten. Judith punktete aber mit ihrer bereits erwähnten Intellektualität (meine Ex las nicht), ihrer Treue (meine Ex war ein Luder) und ihrer Zärtlichkeit (meine Ex war eher der robuste Typ »Hosen runter, beug dich über den Küchentisch«).

Judith küsste sehr gut. Ich kenne niemanden, der so gut küsst wie sie. Ich kenne niemanden, der so gut streichelt wie sie. Man zerfließt förmlich unter ihren Fingerspitzen. Sie hat sehr schöne braune Augen, die sie auf riesige, schmelzende Plüschaugen anwachsen lassen kann, wenn sie etwas von mir will. Außerdem riecht sie fantastisch. Wenn ich Kummer habe und in ihren Arm krieche, an ihr schnuffele, bin ich getröstet. Ich beschwöre sie immer, sich möglichst wenig mit parfümierten Kosmetika einzudieseln und das Beine-und-Achseln-Rasieren zu lassen. Judith in ihrem physischen Naturzustand ist das Größte für mich. Eine verlässliche, beglückende erotische Grundversorgung – und mehr will man mit fortschreitendem Alter nicht.

Meinen ersten Orgasmus mit einer anderen Frau hatte ich übrigens mit Judith, nicht mit meinem fordernden Ex-Luder. Judith kann sehr einfühlsam und selbstlos sein. Allerdings hat sie auch ihre Macken, bis heute: *Sie* muss bestimmen, wann wir Sex haben, sonst klappt gar nichts, weil sie sich von mir bedrängt fühlt, und *sie* muss oben liegen. Das ist nervig, aber was soll ich tun. Nach dem Sex, wenn ich noch ein bisschen sprechend nachhallen möchte, schläft sie gleich ein, wie man es von vielen Männern hört. Ich fühle mich oft wie in einer Hetero-Karikatur. Man gewöhnt sich daran. Nach zweiundzwanzig Jahren überhaupt noch Sex miteinander zu haben, ist ja nicht die Regel.

So war das 1989 mit Judith. Wir verbrachten das erste Jahr in meinem Bett und gingen nur zum Essen und Studieren raus. Judith studierte damals gezwungenermaßen Biologie, weil kein Platz an der medizinischen Fakultät frei war. Sie war zwar eifrig, aber hartnäckig versponnen, stellte sich ständig selbst ein Bein, ein weiblicher Don Quichotte, der gegen innere Windmühlen kämpft. Und das ist sie geblieben: Judith kämpft ständig gegen sich selbst, ein neurotischer Armeeflügel ihrer Seele gegen den anderen. Ab und zu gibt es einen Waffenstillstand, in dem die Toten vom Schlachtfeld geholt werden, die

Verwundeten gepflegt und Kriegskasse aufgefüllt – dann geht das innerpsychische Gemetzel weiter.

Niemand wäre in der Lage, ihr das anzutun, was sie sich selbst antut. Es ist eine Qual, sich das täglich anzuschauen. Und so kam es, dass Judith vierzehn Jahre lang studierte. Als sie endlich an die medizinische Fakultät kam, lernte sie den – an sich schon sehr umfangreichen und anspruchsvollen – Lehrstoff so gründlich, präparierte sich so skrupulös für jede einzelne verdammte Prüfung, dass sich ihr Examen zog und zog.

Allerdings half auch sie mir sehr, die ich mich in diesen Jahren durch Panikattacken und Depressionen quälte. Ohne sie hätte ich mein eigenes Studium nicht geschafft. Irgendwann hatte ich jedoch meinen Abschluss, fand einen Job und verdiente Geld – während Judith auf ihre aufreizend gründliche Art weiterstudierte. Ich bezahlte das Wesentliche, sie jobbte ein bisschen in der Altenpflege. Als Medizinerin konnte man sie sich, so gut sie fachlich auch sein mochte, nicht wirklich vorstellen. Wer wartet schon tagelang auf seine Diagnose, bis Frau Doktor sich endlich zu einer durchgerungen hat, und das auch nur unter Vorbehalt?

Es gab Jahre, da blieb ich nur aus Pflichtgefühl mit ihr zusammen, mit diskreten Nebenaffären.

Wie schafft man es, zweiundzwanzig Jahre als hochneurotisches Frauenpaar zusammenzuleben? Ausharren, lautet sicher eine Antwort. Viele Lesben hätten nach zwei Jahren vermutlich eine aus dem Bekanntenkreis verführt und zu ihrer neuen Partnerin erklärt, aber serielle Monogamie war nicht mein Ding; sie führte von Traufe zu Traufe. Ein gemeinsames Lesbenjahr entspricht zwei Heterojahren, ähnlich wie der Alterungsprozess von Hunden an dem von Menschen gemessen wird. Insofern stünden Judith und ich kurz vor den Toren der Goldenen Hochzeit. Wir haben miteinander ausgeharrt, waren einander, unterm Strich, treu.

Manchmal sah ich Judith wie eine Art Lustknaben, als jemanden, den man sich leistet, weil man ihn sich leisten kann. Ich glaube, ich war auf eine perverse Weise durchaus stolz, mir eine häuslich attraktive, wenn auch beruflich untüchtige Liebhaberin zu leisten. Äußerlich war Judith immer wie aus dem Ei gepellt, immer mit Oxford-Hemd und Merino-Pullover wie ein Collegeboy, und die Wohnung hielt sie tadellos in Schuss. Wir hatten zwei Perserkatzen und einen Südbalkon voller seltener Blumen. Konnten wir das nötige Geld sparen, verreisten wir auch. Wir lebten, wie die meisten Lesben und Schwulen, entfremdet von ihren Herkunftsfamilien, ausschließlich unter Peers, mit Freunden.

Ich konnte nicht klagen. Es war bloß erbarmungslos langweilig. Es war traurig auf hohem Niveau. Wir stagnierten. Judith erhielt ihre Approbation. Als wir am Abend beim Italiener feierten, stellte ich fest, dass sie, nur fünf Jahre älter als ich, allmählich faltige Echsenaugen bekam und ein gefälteltes Doppelkinn. Ich erschrak. Wo waren meine besten Jahre geblieben?

Christoph, seine Frau und ich

Christoph war mein bester Freund. Ich kannte ihn schon seit meinem Studium, wir hatten uns gleich verstanden. Ich vergötterte seine spröde Art. Niemals würde man ihm eine Banalität entlocken, eher schwieg er. Wenn man ihn nach etwas fragte, antwortete er fast wie der autistische Bruder in »Rain Man« – gnadenlos wahrhaftig, selbst wenn sich die Worte gegen ihn selbst richteten. So war das in der Wissenschaft, nahm ich an. Christoph war Wissenschaftsjournalist, ich neigte mehr zum Feuilleton. Unparteilichkeit verstand ich nicht.

Als ich studiert hatte, hatte ich immer versucht, Thesen leidenschaftlich zu behaupten oder zu widerlegen, aber ich bezweifle im Nachhinein, dass es mir um die »Wahrheit« gegangen war statt um einen gewonnenen Kampf. »Du hättest Anwältin werden sollen«, hatte mich Christoph einmal geneckt. »Eine gute Journalistin bist du jedenfalls nicht – immer zu sehr Feuer und Flamme für das, was du liebst oder hasst.«

»Und du, du wärest besser Richter geworden«, pampte ich zurück. »Du hättest Freisprüche aufgrund von Verfahrensfehlern ertragen können. Du glaubst an Recht und Gesetz und Objektivität und diesen ganzen Mist.«

»Was weißt du denn schon über mich?«, hatte Christoph gesagt und sich abgewandt. Ich war zu weit gegangen. Ich bereute es sofort. Hitzköpfe waren nicht unbedingt die besseren Menschen, auch nicht in einem Land, in dem Gefühlsbetontheit als Eigenwert galt, als Zeichen des Authentischen.

»Ich weiß kaum etwas über dich«, rief ich ihm hinterher, aber da war er auch schon gegangen. Super. Jetzt konnte ich mal wieder in mich gehen und er hatte recht. Ja, was hielt uns als Bürogemeinschaft eigentlich zusammen? Die Themen, an denen wir mit kaum nachlassender Neugierde arbeiteten. Ein solider wechselseitiger Respekt.

Christoph war hübsch. Er hätte mein Bruder sein können mit seinem hellen krausen Haar. Krause sieht bei Männern ja oft ein bisschen intim aus, nach unerbetener Sinnlichkeit, aber Christoph wirkte damit geradezu edel, wie ein weißer Maori. Ließ man eine Tasse auf seinen Kopf fallen, federte sie gleich wieder hoch, ohne dass seine Fontanelle Schaden nahm. Ein beliebter Trick von Christoph, zu dem er sich allerdings nur angetrunken zu später Stunde hinreißen ließ, und dann fehlte auch meist nicht mehr viel, dass er feuchte Augen bekam, weil er sich an irgendetwas Trauriges erinnerte. Dann sang er pseudorussische Volkslieder, bei denen ich bei der zweiten Strophe eine Oktave höher mit einfiel, bis die Katze sich entleerte.

Dann nahm ich Christophs Kopf in meinen Schoß und kraulte ihm die Locken. Er schnurrte, ich lachte und erzählte ihm irgendwelchen Unfug. Doch nach und nach verstummten wir und wurden ganz still, weil wir ja doch vor eine Wand fuhren: Ich war lesbisch und verpartnert, er verheiratet. Sehr verheiratet. Tanja arbeitete als Sozialarbeiterin im Strafvollzug und war eine widerwärtige Kreatur, wenn Sie meine Meinung hören wollen. Die JVA war der einzige Ort, wo die Klientel nicht Reißaus vor ihr nehmen konnte. Frauen ihres Schlages wurden auch gerne Heilpädagoginnen und kujonierten Behinderte. Sie war brünett, drall, mit einer guten Figur. Knackis empfahl sie das Lesen der Bibel, vor mir alter Sünderin hatte sie Angst.

Tanja also ging mir durch den Kopf, während ich Christophs Locken nur noch mechanisch weiterkraulte, er aber seinen Kopf stöhnend herumdrehte, so dass sich seine Nase in meinen Bauch bohrte. Noch nie war mir mein Bauch so weich vorgekommen. Köstlich weich und nachgiebig. Da fiel mir Teil zwei des Problems wieder ein: Weit würde Christoph bei mir nicht kommen, so gern ich ihn auch hatte. Teil drei: Morgen früh müssten wir uns dann wieder als Kollegen gegenübersitzen, als ob nichts geschehen wäre. Doch bei einer Techtelei weiß man nie, was aus ihr entsteht – das ist wie ein chemisches Experiment. Christoph stupste seine

Nase in meine Bauchdecke wie ein Tierjunges, die blondbewimperten Augen geschlossen.

Ich blieb an jenem Abend sehr weich. Ich küsste ihn an vielen Stellen, aber er durfte mich nicht küssen, sondern musste reglos liegen bleiben und meinen Wünschen strikt gehorchen. »Es ist eine Ausnahme, hörst du? Also sei kein Narr und verdirb es nicht!«, hatte ich ihn gewarnt. »Wie Lohengrin, der Elsa doch nach ihrem Namen fragt, und dann verschwindet sie auf Nimmerwiedersehen.« Christoph hatte mich einen Moment lang ungläubig angeschaut und dann, mit einem feinen Lächeln in den Mundwinkeln, wieder die Augen geschlossen und sich von mir berühren lassen. Wenn Männer nicht schnaufen und pumpen und rote Gesichter vor Lust kriegen, sondern sich spielerisch hingeben, können sie sehr begehrenswert aussehen.

Aber irgendwann schnauft natürlich selbst der sprödeste Wissenschaftsjournalist und ich bat ihn mit niedergeschlagenen Augen, selbst zu übernehmen. Nichts auf der Welt könnte mich dazu bringen, noch weiterzugehen. Ich hatte ihm nichts versprochen und fühlte mich keineswegs dazu verpflichtet. Christoph nahm es auch relativ sportlich und ließ mich klaglos gehen. Ich ging ins Treppenhaus hinaus, um zu rauchen, bis Christoph wieder seine Kleider geordnet hätte. Meine eigenen hingen schlaff an mir herunter, als wären auch sie erschöpft. Meine Lippen brannten und juckten – verdammter Bartschatten. Dann musste ich kichern. Statt mich zu genieren, fand ich die Situation herrlich. Alles würde sich schon regeln.

Es ging schneller weiter, als ich es gedacht hatte. Plötzlich klingelte jemand unten Sturm und hämmerte mit der flachen Hand gegen die Eingangstür. Tanja? Weil ihre Kontrollanrufe zu nächtlicher Stunde uns immer so annervten, hatten wir mal wieder das Telefon ausgestöpselt, noch in Unkenntnis der Tatsache, dass ihre Eifersucht diesmal berechtigt sein würde. Ich raste zurück ins Büro und stolperte fast über einen Christoph, der gerade sein T-Shirt vom Boden aufhob.

»Tanja …«, flüsterte ich panisch, während die Türglocke weiter unbarmherzig anschlug. »Sie wird das ganze Haus wecken.«

»Lass sie doch«, sagte Christoph cool.

»Irgendwann musst du auch wieder nach Hause«, gab ich ihm zu bedenken. Er wurde still.

»Pass auf«, sagte ich. »Du bist aufgeregt, ich bin aufgeregt, wir werden in ihrer Gegenwart ein schlechtes Gewissen haben. Also lass uns, wenn sie gleich hochkommt, etwas tun, was ähnliche Reaktionen in uns auslösen würde, aber deutlich harmloser ist.«

»Ich habe ein Computerspiel da, bei dem du kotzen würdest. Das reinste Schaschlik.«

»Her damit.« Jetzt wurde Zeit knapp, irgendein genervter Mieter hatte Tanja bereits ins Haus gelassen. Wir konnten sie wütend das Treppenhaus hinaufstapfen hören. Während Christoph das Spiel im Player startete, rannte ich zum Kühlschrank, griff nach der Salsa-Sauce und schmierte sie mir um den Mund, damit man die rötlichen Schabespuren von Christophs Bartstoppeln nicht mehr sah. Eine Packung Taco-Chips war auch noch da, ich verschlang eine Hand voll, betend, an dem Brei nicht zu ersticken. Als Tanja an der Tür klingelte und ich ihr öffnete, massakrierte Christoph bereits die ersten feindlichen Soldaten.

Tanja fielen fast die Augen aus dem Kopf, als sie mich sah, die Mundwinkel mit Ketchup verschmiert wie eine Dreijährige. Im Hintergrund Geknalle und Todesröcheln. »Was ist hier denn los, feiert ihr eine Party?«, fragte sie schließlich tonlos.

Ja und du bist nicht dabei, dachte ich gehässig.

»Ist Christoph da?«

»Ja, komm doch rein!«, gab ich ihr mit ein paar euphorischen Handzeichen zu verstehen. »Was spielt ihr denn da?«, fragte Tanja, nachdem sie sich hinter Christoph aufgebaut hatte, um ihm über die Schulter zu gucken.

»Es heißt ›The Axis of Evil‹, habe ich von Andreas«, rief Christoph ihr aufgekratzt zu. »Total irre Grafiken.«

Interessiert schaute ich Christoph über die andere Schulter. Der nordkoreanische Diktator Kim Il-Sung wurde gerade von einem Missile zerfetzt. Das Spiel gefiel mir – Tanja weniger. »Habt ihr Drogen genommen oder so?«, fragte sie nach ein paar Sekunden des Schweigens.

»Nein doch! Nur ein extrem langer harter Arbeitstag, von dem wir noch ein bisschen runterkommen mussten.«

Tanja glaubte uns kein einziges Wort. Ängstlich wanderten ihre Augen zwischen Christoph und mir hin und her. Sie fühlte sich verarscht und ausgeschlossen.

Sie begann mir leid zu tun. Aber auch nur einen Moment lang, ich konnte dieses Terrorhäschen nun mal nicht leiden. Christoph tat dann das Richtige, verabschiedete sich von mir und ging mit ihr nach Hause. Armer Christoph, dachte ich, und dann: »Was weiß ich schon über Christoph und seine Bedürfnisse?« sowie: »Das geht mich alles nichts an«. In den nächsten Monaten wiederholten sich unsere Eskapaden noch ein, zwei Mal, ein wunderbares Ventil, um sich inmitten all dieses grauen Alltags mit einem Komplizen lebendig zu fühlen. Dann veränderten sich die Dinge. Tanja wurde schwanger. Christoph und ich beglückwünschten uns gegenseitig. Hauptsache, wir blieben uns so nah wie eh und je.

Tanjas Brut

Von Christoph, dem frisch gebackenen Vater, bekam ich in den kommenden Monaten mehr zu sehen, als ich dachte. Tanja hatte einen Sohn auf die Welt gebracht, der nachts die Bude zusammenschrie, so dass Christoph tagsüber Schlaf in unserer Bürogemeinschaft suchte. Außerdem entwickelte er die vätertypische Obsession, für Mutter und Kind mehr Geld verdienen zu müssen. Kurzum, Tanja bekam in dieser schweren Zeit so wenig von Christoph zu sehen, dass sie mir schon leid zu tun begann, und das will etwas heißen. Außerdem sprach er buchstäblich nicht mehr mit ihr, so fertig war er von der unausgeschlafenen Mehrarbeit.

»Bist du jetzt glücklicher, als Vater?«, fragte ich ihn eines Abends, als wir zu einem Rotwein-Absacker, freundschaftlich Hände haltend, auf dem alten WG-Sofa saßen.

Er zögerte nicht: »Ja.«

»Aber deine Ehe scheint mir jetzt komplett in den Fritten zu sein«, warf ich ein. »Tanja war noch nie ein sonderlich zufriedener Mensch, aber wenigstens nölte sie herum als letztes Zeichen von Vitalität. Jetzt sagt sie gar nichts mehr und sieht aus wie ein Gespenst, das Baby an die magere Brust gepresst. Und du sprichst nicht mit ihr.«

»Ich wollte immer Kinder, Tanja auch. Jetzt müssen wir eben eine schwierige Zeit durchstehen. Tanja weiß das auch.«

Die Feministin in mir rührte sich, selbst für ein Wesen wie Tanja: »Du arbeitest nur noch. Was ist mit Tanjas Job? Warum lässt du sie mit dem Kind allein?«

Christoph ließ, ungerührt, meine Hand los. Es war wohl zu viel der Strafpredigt gewesen. »Nächstes Jahr im April steigt Tanja wieder voll in der JVA ein, während ich reduziere, und Otto kommt zu einer Tagesmutter.«

»Aha«, war alles, was ich sagen konnte. Mit heterosexuellen Beziehungen und Babys kannte ich mich einfach nicht aus. Aus meiner Außenseiterposition wirkte beides nur schwer erträglich. Wie hielten die von Familie betroffenen Frauen und Männer es nur aus? Warum nahmen sie als Eltern ein Revival der Familienfolter in Kauf? Waren Familien, wie Thomas Bernhard schreibt, doch oft nur »eine Ansammlung von Blutsverwandten«.

Eines Tages stand jedenfalls Tanja bei uns in der Teeküche und kollabierte. Christoph war gerade nicht da. Ich hakte sie unter die Arme, zog sie aufs WG-Sofa und legte ihr die Beine hoch. Tanja überhaupt anzufassen, kostete mich einigen Widerwillen. Dann ging ich zu der Baby-Tragetasche, hob den armen Wurm mit Namen

»Otto« hoch und setzte ihn neben seiner Mutter ab. Nach ein paar Minuten hob Tanja die Lider. Sie hatte mich – angesichts unserer gegenseitigen, tief verwurzelten Antipathie – zuerst wohl für einen bösen Geist gehalten, von dem sie hoffte, dass er von selbst verschwinden möge.

Aber ich war da. Wir sagten nichts. Otto sagte auch nichts, sondern schaute mich mit den murmelartigen graublauen Augen eines Säuglings blicklos an. Die Küchenuhr tickte.

Plötzlich ging die Tür und Christoph stand im Raum. Dass etwas passiert sein musste, sah er gleich. Ich sagte es ihm. »Kannst du ein bisschen auf Otto aufpassen?«, fragte er mich. »Tanja braucht eine Pause und ich muss in einer Dreiviertelstunde zu einem Interview.«

Klasse, jetzt hatte ich, als kinderlose Bürogemeinschaftstante, das Blag am Hals, und wenn ich Pech hätte, würden sich die Betreuungsanfragen noch ausdehnen. Aber Christoph war mein Freund und würde auch für mich da sein, wenn ich Not hätte. Also gut. »Okay«, antwortete ich. »Muss ich etwas beachten, wenn Otto schreit?«

»Trag ihn einfach herum und brumm dabei tief wie ein Motor – das findet er super. Sollte er nicht aufhören zu brüllen, musst du deine Persönlichkeit in mehrere Teile spalten.«

»Wie?«, fragte ich ungläubig. Tanja war zutiefst

unsympathisch, aber Christoph, mein Freund, vielleicht irre.

»Du musst vorübergehend den freundlichen, beobachtenden, anteilnehmenden, quasi buddhistischen Anteil deiner Seele anschalten und Leidenschaften wie Zorn unter einen Kanaldeckel verbannen.«

»Was?«, hakte ich ungläubig nach. Ohne Leidenschaften war ich tot, das konnte Christoph unmöglich von mir verlangen.

Er lächelte. »Du wirst schon sehen, was ich meine. Ich muss jetzt los.« Dann schnappte er sich die noch immer kraftlose, feindselig blinzelnde Tanja, nahm sie auf den Rücken und verschwand mit ihr.

Ich war allein mit Otto.

Es war wider Erwarten nett. Keine besonderen Vorfälle. Otto schien fast aufzuatmen, dass seine gestressten, zankenden Eltern nicht da waren – ein Gefühl, dass ich noch aus meiner Kindheit kannte. Einsam, aber nicht drangsaliert. Ich arbeitete, mit Otto im Tragekorb neben mir, sehr gut, als ob ich eine dicke rote schnurrende Katze auf meinem Schoß hätte. Zwei Einsame, die einander Gesellschaft leisten, ohne sich zu stören. Irgendwann schlief er ein.

Otto war nicht sonderlich hübsch oder aufgeweckt. Was mich an ihm rührte, war, dass sein Charakter in diesem frühen Stadium seiner

Entwicklung schon so klar hervortrat. Babys sind, wenn sie auf die Welt kommen, bereits halbwegs fertige Menschen, uns Erwachsenen hilflos ausgeliefert – das lernte ich in den folgenden zwei Stunden. Otto war zurückhaltend, bequem, vorsichtig, ein Durchschnittsmensch, der Extreme mied. Ich beschloss, ihn gelegentlich vor Tanja zu beschützen, die, sobald sie wieder zu Kräften kam, ihn sicher diversen religiösen und bildungsbürgerlichen Erziehungsmaßnahmen unterwerfen würde.

»War ganz friedlich«, sagte ich knapp, ohne von meinem Schreibtisch aufzuschauen, als Christoph zurückkam. »Kannste wieder machen.« Da mir Tanjas Zustand schnurz war, fragte ich nicht danach.

So kam es, dass ich in den kommenden Monaten häufiger auf Otto aufpasste. Tanja hasste es zwar, hatte aber so wenige Alternativen, dass sie in ihrer Erschöpfung manchmal sogar auf mich als Babysitterin zurückgriff.

Mit Otto war ich heiter, unbeschwert. Wir verstanden uns einfach. Wenn er brüllte, trug ich ihn mit endloser Geduld herum, weil ich verstand, warum er brüllte. Ich liebte ihn nicht, das war seinen Eltern vorbehalten. Aber ich mochte ihn wie einen kleinen Kumpel. Er tat mir gut mit seinen simplen, klar definierten Bedürfnissen.

Als Tanja dann zum zweiten Mal schwanger war – es war ziemlich schnell gegangen und von Christophs Seite ungeplant –, schaute ich mit wachsendem Interesse ihren Bauch an. »Ich auch«, dachte mein eigener Bauch vielleicht. Christoph wiederum schaute ich mit wachsender Begehrlichkeit an, obwohl wir unsere Fummeleien eigentlich schon abgeschlossen hatte. Es wurde ihm bald unheimlich.

»Nein, Henrike, nein«, sagte er schließlich. »Stell dir mal vor, Tanja kommt uns auf die Spur, dass wir beide ein Kind miteinander gezeugt haben. Das wird die Hölle.«

»Tanja ist schon so die Hölle«, warf ich trotzig ein.

»Ja, aber sie ist die Mutter meiner Kinder«, entgegnete Christoph. »Und irgendwie liebe ich sie auch.« Pause. »Was am Wichtigsten ist: Sie liebt mich.«

Öh. Pfffz. Was soll man dazu sagen. Das mit dem »sie irgendwie lieben« kannte ich aus meiner eigenen Beziehung mit Judith, ebenso das »Einen Menschen, der mit mir durch dick und dünn geht, gibt's nicht alle Tage«.

»Bin ich selbst denn ein einfacher Mensch?«, setzte Christoph nach.

Ja. Im Vergleich zu Tanja definitiv ja. Andererseits wusste ich nicht, wie es war, mit Christoph liiert zu sein, und sei es nur über eine gemeinsame Elternschaft.

»Also nein«, antwortete ich, plötzlich merkwürdig gereizt.

»Nein«, schloss Christoph.

Als das zweite Kind auf die Welt kam, blieb er vorübergehend zu Hause, sein Zimmer in der Bürogemeinschaft wurde untervermietet und wir sahen uns gut ein Jahr lang nicht mehr – was mir recht war, da ich in meinem alten Freund nur noch einen wandelnden Samenbeutel sah, der ein Kind für mich zeugen könnte. Ich vermisste Otto. Ich müsste mir nun selbst einen Otto machen, statt Zaungast einer Heterofamilie zu sein.

Vor allem musste ich mit Judith, meinem eigenen Ehekreuz, reden. Judith mochte keine Kinder. Es würde schwer.

Andeutung

»Tanja ist gerade mit dem Zweiten schwanger«, warf ich locker beim Abendessen ein, als wir über unsere Spaghetti mit Tomatensoße gebeugt saßen.

»Aha«, sagte Judith und aß weiter. »Das ging aber schnell.«

»Ja, es war wohl nicht geplant, aber bei Heteros läuft es wohl manchmal so. Einfach druff und schon ist es passiert.«

Judith starrte missbilligend hoch. »Einfach druff« würde ihr nie passieren. »Na ja, dann hoffen wir mal das Beste«, war ihr Kommentar und damit hatte sich das Thema für sie erledigt.

Nach einer Weile sagte ich: »Ich vermisse Otto.«

»Der Junge mit dem Kopf einer Billardkugel, auf den du manchmal aufgepasst hast? Ich wusste nicht, dass du an ihm hängst, dachte, es wäre nur aus Freundlichkeit gegenüber Christoph gewesen.«

»Ich mochte Otto«, insistierte ich, und je mehr ich darüber nachdachte, desto mehr glaubte ich Otto zu lieben. Tränen stiegen in mir auf.

»Na na«, sagte Judith und rutschte zu mir herüber. »Was ist denn los?«

»Ach, Tanjas Eltern sind jetzt extra aus dem Weserbergland in die Nähe von Köln gezogen, um ihren Enkel regelmäßig zu sehen, und jetzt werde ich als Babysitterin nicht mehr gebraucht.« Ein Damm brach. »Ich fühle mich so nutzlos!«, heulte ich laut auf.

»Wieso, du hast doch erst mit Spanisch angefangen?«, fragte Judith verständnislos, während sie meine Schulter tätschelte und ihr Gesicht an mich presste.

»Das ist nicht dasselbe!«, schluchzte ich, verloren. »Ich möchte gebraucht werden!«

Judith rückte von mir ab. Warum rücken Menschen immer instinktiv von einem ab, wenn man sie am verzweifeltsten braucht? »Aber *ich* brauche dich«, sagte sie knapp.

»Das ist nicht dasselbe!«, insistierte ich. »Du bist schon groß. Otto ist noch klein, der benötigt *wirklich* Hilfe.«

Judith rückte weiter ab und setzte sich stocksteif auf: »Also, ich fasse mal zusammen: Christoph und Tanja haben schon den Köln-Pass beantragt, weil sie mit dem Geld nicht hinkommen. Ihre Ehe steckt in einer fetten Krise, sie streiten sich dauernd. Trotzdem schneidet Tanja offenbar ein Löchlein ins Kondom, um Christoph ein zweites Kind anzuhängen, weil es in ihrem Beruf gerade nicht vorangeht und sie sich nun ganz auf die Mutterrolle schmeißt. Daraufhin muss Christoph als Freiberufler seinen geliebten Beruf faktisch auf

Eis legen, weil Tanja trotz aller Unzufriedenheit mehr Geld verdient als Christoph. In diese gereizte Atmosphäre wird jetzt noch ein zweites Kind hineingeboren. Und du beneidest Christoph und Tanja, weil ihre Kinder, diese unglücklichen Wesen, diese Fortführung menschlichen Elends, sie naturgemäß brauchen?«

»Ja.« Ohne nachzudenken, hatte ich ja gesagt. »Durchaus.« Judith schaute irritiert auf und aß weiter. Sie nahm mich nicht ernst.

Boskoop-Mann

Immer wieder strich ich ihm über den Rand der Ohrmuschel, die er mir im Schlaf zugewandt hatte. So zart, es erstaunte mich, wie delikat ein Männerohr sein konnte. Hinterm Ohr roch er angenehm säuerlich, wie ein frisch aufgeschnittener Boskoop. So müssen kleine Jungen riechen.

Während die Berührung seines Mundwinkels mich darin bestätigte, ihn nicht geküsst zu haben; er hatte auf mich den Reiz einer Pferdeschnauze. Der Mann wälzte sich im Schlaf auf dem Teppichboden – auf dem weißen Laken, das er dort für mich ausgebreitet hatte, da ich sein Bett verweigerte.

Ich wollte mich beim Sex mit einem Mann nicht wie eine Hete fühlen, sondern wie ein Schwuler, der etwas mit einem anderen Schwulen hatte – freundlich, entspannt, unverbindlich. Gleich. Eine Sache unter Gleichen.

Ich war hingebungsvoll, aber kühl, ohne romantische Flausen, die mir bei einer anderen Frau vielleicht zu Kopf gestiegen wären, stattdessen eine Art Krankenschwester. Alkohol lehnte ich ab, ebenso wie das Angebot zur Übernachtung, nach der sich mein Körper sehnte. Ich blieb nie über Nacht. Das schuf nur Bindungen und ich war schon gebunden.

Ich strich über seinen behaarten Rücken, der erstaunlich weich war, nicht Wolle, sondern schwarze Seide, mich mehr wie seine Schwester als seine Geliebte fühlend. Im Laufe eines Abendessens mit Freunden hatte ich mich entschieden, mit ihm mitzugehen; seine Blicke waren mir nicht entgangen. Nicht aus Mitleid, das lag mir nicht. Nein, er konnte reden wie ein Gott. Verführung erfolgte bei mir übers Ohr, und zwar so stark, dass ich darüber auch schon mal das Geschlecht einer Stimme vergaß – kluge Leute muss man feiern.

Ihn umgab die Aura bürgerlicher Herkunft, von Sommerurlauben auf dem Land und Bildung. Er beherrschte vier Sprachen fließend. Wenn er auf schwere Dinge aus seinem Leben zu sprechen kam, wurde er zögerlich, wortkarg. Er streute sie nur ein, wenn ich danach fragte. Die Gedanken des Mannes, mit dem ich Liebe gemacht hatte, waren erhellend. Er hatte jede Menge neuer Ideen in mir gezeugt, die mich über die nächsten Wochen befruchten würden. Er war tapfer, witzig und charmant.

Der Mann lag jetzt auf dem Rücken und ich musste gehen. Ich konnte den Anblick seines schlaffen Glieds nicht länger ertragen, meine aufgeloderte Passion war längst Asche. Der Mann schlief tief und fest, in vollkommener Entspannung, glücklich wie ein Kind. Ich freute mich, ihm diesen Traum verschafft zu haben. Er hatte müde ausgesehen wie einer, der nachts am Fenster raucht.

Leise raffte ich meine Sachen zusammen und schlich ins Bad, um zu duschen. Ich duschte sehr heiß, um den Rest Mann abzuspülen und in mein gewohntes Leben zurückzukehren, das wirklich meines war. Wieder angezogen, warf ich einen letzten Blick auf den Schlafenden, seinen eckigen schwarzen Hinterkopf, die zarten Ohren, den behaarten Bauch mit erster Neigung zum Fettansatz, die muskulösen Arme, die kleinen, fast weiblichen Füße. Ich betete kurz, dass ihn jemand behüte. Er lächelte im Schlaf. Ich zog leise die Tür hinter mir zu und ging.

Sleazy

Warum Männer? Erstens regte sich wohl der unerfüllte Kinderwunsch in mir immer lauter, zweitens kriegt man Männer schnell ins Bett und drittens wird man sie auch schnell wieder los. Weibliche Affären haften an einem, es kommt zu hässlichen Szenen. Judith sollte jedoch an meinen Amouren nicht leiden; ich brauchte nur dringend ein sexuelles Ventil zum Dampfablassen in meiner Perspektivlosigkeit.

Meine flüchtigen Begegnungen mit Männern hatten alle eher etwas Schwules, Kumpeliges als Heterosexuelles. Wer sich an eine große kräftige Lesbe wie mich herantraut – zwar sehr freundlich, aber naturgemäß ohne letzte Hingabe –, will auch kein klassisches Betthasi. Wir lachten viel, auch bei den nie ausbleibenden Misserfolgen und Peinlichkeiten im Bett, und hatten keine Scham, uns vieles zu erzählen. Meine Bekanntschaften waren ebenfalls Außenseiter in Deutschland, Durchreisende, Asylanten, Kosmopoliten, vielleicht half das: ein bisexueller Ägypter und ein ungemein charmanter jüdischer Australier, der jeder Frau nachstellte, die sich bewegte.

Beide lernte ich in der Sauna kennen. Der Ägypter war dort Masseur und bot mir nach der

Sauna seine Begleitung an. Die führte, nach einem von ihm bezahlten Essen, in seine Wohnung. Ich wusste genau, wohin alles führen würde, und ließ mich amüsiert, widerstrebend darauf ein. Es war schön, zum Abendessen eingeladen zu werden – Judith tat das nie. Es war schön zu beobachten, dass sich jemand anstrengte, mich flachzulegen, und sei es nur, um sich die Zeit zu vertreiben. Auch meine Zeit musste vertrieben werden.

Die Wohnung des Ägypters lag im dritten Stock eines sozialen Wohnungsbaus in Niehl, einem gutbürgerlichen, hoffnungslos überalterten Stadtteil. Abends war hier Totenstille. Für einen Moment dachte ich: »Bist du verrückt? Mit einem fremden Mann in seine Wohnung zu gehen und niemand bekommt es mit, wenn er dich mit der Kreissäge zerstückelt?« Trotzdem ging ich mit. Ich sah gegen mein psychisches Elend keine Alternative, als ein Abenteuer zu wagen. Dann landete ich in einer trostlosen Junggesellenwohnung – pieksauber und leblos.

An der Wand hing, gerahmt, ein Diplom. Der Ägypter stellte sich als Akademiker heraus, einer dieser Nahost-Technik-Studenten. Seine Familie fehlte ihm. Aus irgendeinem Grund konnte er nicht bei ihr in Ägypten sein. Dass er kein Muslimbruder war – mit dem hätte ich nun wirklich nicht geschlafen –, vermutete ich, weil er zur Einstimmung Charles Aznavour auflegte. Frankreich, Chansons, Verführen als klassischer romantischer Dreiklang. Rotwein lehnte ich ab, Aznavour war okay. Arabische Musik sah mein Gastgeber als klebrige »Folklore«. Als ich nach dem dritten Durchgang Aznavour, der auf Repeat gestellt worden war, um einen CD-Wechsel bat, erklang Frank Sinatra. Aznavour und Sinatra bringen mich noch heute in eine verwegene Stimmung.

Der Kinderwunsch stand seltsam schmerzend beiseite. Ich hatte gerade keinen Eisprung und musste nichts riskieren.

Der Ägypter hatte in Alexandria irgendetwas Grauenhaftes durchgemacht, wovon er aber nicht wirklich sprechen wollte, es in Fragmenten jedoch versuchte, jetzt, wo eine warme, lebendige Frau bei ihm war. Er kam mit dem Erlebten klar, musste offenbar trotzdem davon sprechen, wenn er überhaupt von sich erzählen wollte. Ich lag neben ihm und dachte an das längst vergangene Alexandria des griechischen Dichters Konstantinos Kavafis, das mir viel humaner schien als das heutige. Dann erzählte ich. Dann duschten wir und dann tranken wir doch noch etwas Rotwein.

Der Ägypter brachte mich, sehr höflich, zur nächsten Bushaltestelle, die ich ohne ihn wohl nie gefunden hätte. Diese Höflichkeit war wichtig für mich, damit ich mich nicht benutzt fühlte, stellte ich fest, als ich friedlich brummend im Bus saß. Denn natürlich waren wir am Ende doch keine schwulen Buddies, sondern Mann und Frau und eine Frau ist in einer männlich dominierten Welt immer verletzlicher. Einer der Gründe, warum ich lesbisch lebte.

Wir verabschiedeten uns per Handschlag. Keine Telefonnummern. Alles Gute. Mach's gut. Halt die Ohren steif. Mit einer anderen Frau wäre das nie gegangen. Männer haben etwas sehr Angenehmes in ihrem Wesen.

Der Australier war Schriftsteller, wenn auch kein guter. Gut betucht und silberhaarig mit jungem Gesicht, tourte er jedes Jahr in den Sommerferien durch Deutschland, auf der Suche nach Liebschaften, die er jahrelang aufrechterhielt. Vorzugsweise hielt er sich in Köln auf. Die Frage »Warum Deutschland?« stellte sich mir, weil sein polnischer Vater einem deutschen KZ entkam. Wir waren ein klassischer deutsch-jüdischer Fall von »Meine Großeltern haben deine Großeltern umgebracht und es tut mir so leid.« Nur unser Sex war klischeefrei, denn spontaner einvernehmlicher Sex, unmittelbar und roh, quasi tierisch, vertreibt Schalheit.

Ich fragte ihn: »Warum Deutschland, nicht Frankreich?« Er sagte, er finde die deutschen Frauen herzlicher, Französinnen betrieben Sex lediglich als Sport.

Jedenfalls erzählte der Australier grandiose erotische Anekdoten. Ob er sie wirklich erlebt hatte oder erfunden? Egal, sie brachten mich von Null auf Hundert. Das Beste war, dass er sie nicht nur zum Anheizen erzählte, sondern auch zum Nachglühen und als ich ihn später noch einige Male nur im Café traf. Er erzählte einfach gut und gerne Schweinkram, charmant, fantasievoll. Für jemanden, der so gut erzählt, könnte ich offen gestanden sogar kurzzeitig heterosexuell werden. Nicht allein die Verführung, genauso die Liebe ging bei mir, mehr als vieles andere, durch die Ohren. Auch bei Judith.

Mir gefiel die Geschichte von der Kundin in einem dieser Buchkaufhäuser, die ihn mit ihrem kurzen Rock zu interessieren begann. Er fasste kurzerhand drunter, als niemand guckte, und sie wehrte sich nicht, tat, als wäre nichts geschehen. Auf diese Weise brachte er sie, während sie ein Interesse für Krimis vorgab, bis zum Orgasmus. Dann ging sie, ohne dass ein Wort gewechselt worden wäre, und er wischte sich die Hand mit einem Papiertaschentuch ab.

Frauen in der Öffentlichkeit mit der Hand zum Orgasmus zu bringen, sei seine Spezialität, sagte er. Überwachungskameras störten ihn nicht. Entweder niemand schaue auf den Monitor oder die Leute seien zu empört oder aufgegeilt, um einzuschreiten.

Ich glaubte ihm, amüsiert, kein Wort.

Ich könne mir gar nicht vorstellen, wie liebeshungrig viele Frauen im Grunde seien und abgingen wie eine Rakete, sobald man sie berühre. Man müsse sich nur trauen, sie anzufassen. Er habe ein gutes Gespür für solch weibliches Elend.

Offenbar war ich selbst solch ein liebeshungriges weibliches Elend, sonst wäre ich unter seiner Hand nicht abgegangen wie eine Rakete. Das einzugestehen, fiel mir schwer. Andererseits ging es mir nach Kap Canaveral besser, und was waren seine flüchtigen sexuellen Kontakte auf Dauer für ein Leben? Wer machte ihm Wadenwickel und ging für ihn zur Apotheke, wenn er Grippe hatte? Eine Hausangestellte? Der Australier sagte, er könne mit niemandem zusammenleben. Ich hingegen quälte mich lieber mit meiner verkorksten Judith herum, als ein Solitär zu sein.

Ich hatte gerade einen Eisprung, aber der Australier war, wie er mir unaufgefordert erklärt hatte, sterilisiert, Anti-Familienmensch aus Überzeugung. Außerdem benutzte er keine Kondome, weil er fand, dass sie seiner Erektion abträglich seien. Mit einem Mann, der ungeschützt promisk lebte, wäre ich nie und nimmer ein Risiko eingegangen.

Vielleicht könnte ich festhalten: Frauen, öffnet eure Antennen für andere Frauen, die irgendwie liebeshungrig wirken, und geht ihnen resolut an die

Wäsche. Schleppt sie erst ins Restaurant und dann in eure Wohnung, legt Aznavour auf und legt sie flach. Bringt sie dann höflich zur nächsten Bushaltestelle und verabschiedet euch, ohne Telefonnummer und Tamtam. Seid freundlich, erfinderisch und großzügig. Seid im besten Sinne oberflächlich, vermeidet Psychodramen. Versucht nicht, an der Seele eurer Liebhaberin herumzukratzen, bis sie blutet, sondern bringt ihren Körper auf Touren – das pflegt eure Seelen mehr als dieses ewige Gequatsche.

Für eine Frau, die diese Buchhandlungs-Nummer mit mir wagte, würde ich ein Hundehalsband mit ihrem Namen tragen oder ein ähnliches Zeichen unauslöschlicher Dankbarkeit. »Warum kann eine Frau / nicht sein wie ein Mann«, singt Professor Higgins in »My Fair Lady« und ich verstehe ihn durchaus.

Abgesehen von ihrer fundamentalen Fruchtbarkeitsfunktion, von ihrer leichteren Verfügbarkeit und Verabschiedbarkeit gab es noch einen letzten wichtigen Grund, warum Männer mich physisch zu interessieren begannen: Ein Grund, warum ich mir ein Kind wünschte, war das sehnliche Verlangen, aus meiner ewigen Randständigkeit der Welt näherzukommen, und die Welt bestand nun einmal zur Hälfte aus Männern. Nachdem ich so lange nur mit Frauen gelebt hatte, wollte ich auch Männer und Kinder – weiter offen lesbisch, aber im Kontakt mit der ganzen Vielfalt der Welt. Ich näherte mich Männern neugierig und vertrauensvoll. Die Annährung hatte ihre Grenzen, machte mir aber großen Spaß. Auch den Sohn, den ich kriegen könnte, dachte ich bei meinen Amouren mit. Ich fühlte eine gewisse Notwendigkeit, Männer zu erkunden.

Zu Hause erwartete mich Judith mit einem zahnlos wirkenden Lachen vor dem Fernseher, wo sie sich eine ZDF-Serie für Rentner anschaute und vorwurfsvoll Studentenfutter einwarf, weil ich vergessen hatte, Chips zu kaufen. Still hängte ich meine Jacke auf. Mit einem Kind in der Wiege wäre ihr Anblick, der eines verwarzten alten Ehemanns, leichter zu ertragen.

Mrs. Robinson

Dann fing ich auch noch an, junge Männer anzustarren. Wie eine Kuh, mit karamellbraunem Schmelz in den Augen. Es konnte mir überall passieren. Im Supermarkt war ich plötzlich mächtig gerührt, wenn ein baumlanger Student mit Ethno-Tattoo am Handgelenk eine halbe Bananenstaude und feuchtes Toilettenpapier aufs Band legte. Ich wollte ihn auf beide Wangen küssen. Feuchtes Toilettenpapier, damit hatte ihn sicher seine Mama verwöhnt. Besser wäre es gewesen, sie hätte ihn mit Beginn der Pubertät an Deo gewöhnt. Aber geschenkt, ich schnüffelte dem Kerl sogar hinterher.

Ja, ich wünschte mir einen Sohn, wie ich mir inzwischen eingestand. Als Frau die Arschkarte im Patriarchat gezogen zu haben, war schlimm genug; ich musste das Elend nicht mit einer Tochter perpetuieren. Auch diese grässlichen Mutter-Tochter-Konflikte fürchtete ich – moppelige rosa Prinzessinnen, die den ganzen Tag altklug vor sich hin schnattern. Als Lesbe bitte keine weitere Frau in der Familie, sondern einen Sohn. Punkt. Ganz anders als ich, etwas schlicht im Gemüt, aber ohne doppelten Boden. Ja ja, nein nein. Jemand, der seine Mama liebt und später eine appetitliche Schwiegertochter mit nach Hause bringt.

Die Knaben, denen ich mit glänzenden Augen nachsah, wussten davon nichts. Sie sahen bloß eine große, etwas unglückliche Frau Ende dreißig, breit und weich wie ein Federbett auf zwei Beinen, die sie mit den Augen verschlang. Vermutlich hatte ich Glück, dass ich kein Mann war, sonst wäre ich irgendwann wegen päderastischer Neigungen vom Schulhofzaun, an den ich mich oft sehnsuchtsvoll klammerte, weg verhaftet worden. Da spielten sie Basketball: der große Blonde mit den Rastazöpfen und den spillerigen Waden, der afroamerikanische Junge mit der freien Brust, dem die Turnhose weit über den Bauchnabel rutschte, der Türke, der jetzt schon Geheimratsecken hatte und sich gern im Schritt kratzte.

Ich kannte sie alle. Ich liebte sie alle – besonders Basketballer.

Irgendwann begann es meiner Freundin aufzufallen. Weniger die mütterliche Komponente als vielmehr die erotische, die, muss ich sagen, ebenfalls stark war. »Was hast du denn«, fragte sie genervt, nahm mein neu entflammtes Interesse an Männern aber nicht ernst, weil sie meine wechselnden erotischen Obsessionen seit zwanzig Jahren mitverfolgte.

Über die Wochen bewegte ich mich weg von den

Großstadtschulhöfen mit ihren Basketballkörben, hin zu den Uniwiesen mit ihren studentischen Freizeitkickern. Dieser Typ junger Mann, der alles tut, um seine bildungsbürgerliche Abkunft zu leugnen und möglichst prollig, gewöhnlich und erdnah zu wirken. Ja nicht nach Nerd oder Jurist aussehen, physisch sein, die Mädchen beeindrucken. Bier im Rudel trinken, Studiabzockerkneipen im Kwartier Lateng. Würselen oder Eisenhüttenstadt vergessen, so tun, als hätte es die heimatlichen Provinzkäffer nie gegeben.

Noch besser: linksalternative Kerlchen, die mit antisozialem Pathos einsam auf dem Rasen saßen und etwas Philosophisches lasen. Hellbraune Locken, zu einem Pferdeschwanz gefasst. Schmale männliche Schultern, feine Gliedmaßen – oder sinnliche Dickerchen mit Muskeln wie gedrechselte Tischbeine aus der Gründerzeit.

Der Latino in der Falafel-Bude, der so süß das S lispelt. Ein gedrungener schwellender Brustkorb, der im Frittierdunst zu wabern scheint wie ein Dschinn.

Der Junge vom griechischen Schlüsseldienst, bei dem »Schecks« wie »Sex« klingt.

Der junge Postbeamte, der aussieht wie Hans Albers, und dann macht er den Mund auf und heraus kommt Halle an der Saale und man könnte ihn über die Theke hinweg auf den Mund küssen, weil man seinen garstigen Akzent plötzlich irrsinnig süß und unschuldig und authentisch findet.

Sechzehnjährige mochte ich am liebsten.

Das war weniger »Tod in Venedig«, Verlangen nach Jugend angesichts der eigenen Vergänglichkeit. Oh, das war es auch, wenn man sich den vierzig nähert, keine Frage. Aber es war vor allem …

Samenspender.

Ich konnte mir zu keiner Zeit sicher sein, ob ich mir einen Mann, der mich anzog, als Sohn wünschte oder ihn flachlegen wollte, um ein Kind mit ihm zu zeugen, und dann tschüß, wie bei den Amazonen, nach der Paarungszeit zurück in die Berge.

Sechzehnjährige gefielen mir auch am besten, weil ich – erwachsen geworden während der Aids-Epidemie in den 80er Jahren – annahm, dass das HIV-Risiko bei ihnen am Geringsten sei.

Als junge Erwachsene hatte ich schon eine Menge Leute sterben sehen. Flöti zupfte sich an der Nagelhaut, wenn er weinen musste, bis es blutete und ich Angst bekam, ihm die Hand zu streicheln. Angela sprang eines Nachts von der Brücke, weil das Virus ihr Hirn zersetzte und sie verrückt wurde. Sie hatte als Sechzehnjährige mit einem Junkie geschlafen, als Aids noch kein Thema war. Roland starb, als seine Mutti kurz aus dem Krankenzimmer ging – ein bisschen Würde muss sein, wenn man neunundzwanzig Jahre alt ist und Windeln trägt.

Wenigstens nicht in Gegenwart von Mutti sterben, die einen schon ins Leben gewindelt hat.

Also, ich bin niemand, der einfach mit jemandem hinter einen Busch springt, weil er sich ein Kind wünscht. Meine Freundin Charlotte würde das machen und ihr ist auch noch nie etwas geschehen außer zwei Abtreibungen und einem blauen Auge. Aber ich nicht.

Ich bin auch keine Kinderschänderin. Selbstverständlich mache ich mich nicht an junge Menschen heran. Der Bruder einer Freundin von mir hatte einen Nervenzusammenbruch und verschwand, als er plötzlich Vater wurde – seine Schwester hatte ihn gebeten, für ihre Partnerin Samen zu spenden, weil's am einfachsten schien und das Kind quasi in der Familie blieb. Der Tragweite seines Gefallens konnte dem gerade mal Zwanzigjährigen aber nicht bewusst sein, auch nicht die leicht inzestuös anmutende Form seiner neuen Familie: Onkel und Vater zugleich. Hoffentlich gibt es ein Wiedersehen, so dass die Wunden irgendwann heilen.

Was bleibt einer großen Frau mit Kinderwunsch, deren Halspartie schon weich wird und bei der sich erste Fältchen in den Augenringen bilden, so dass sie aussehen wie eine Bleistiftschraffur?

Irgendwann sah ich aus wie ein Junkie, wie der bereits erwähnte Flöti, den man zweifellos als sexsüchtig bezeichnen konnte. Ständig stand er abends im Park und blies und so kam er auch zu seinem Namen. Ich aß und trank und schlief nicht mehr, war ruhelos. Nicht aus Verlangen nach Männern – ohne männliche Sexualität hatte ich fast vierzig Jahre lang blendend gelebt, bei allem Genuss am Flirt –, sondern aus Verlangen nach Kindern.

Wie Durst zog es sich durch den ganzen Körper. Wie Hunger. Ein elementares Verlangen. »Schaffe mir Kinder, sonst bin ich tot«, fleht Rahel Jakob im Alten Testament an.

So etwas Pathetisches konnte ich zu meiner Freundin schlecht sagen.

Ich sagte es ihr.

Madame Non

Was folgte, waren Monate der Schreierei. Wir schrieen uns nachts an, ohne Rücksicht auf Verluste – das heißt, vor allem zu meinem Schaden, die ich ja das Geld nach Hause schaffte, aber auch zu Judiths, deren Asthma sich mit jedem Zank verschlimmerte. Eine von uns verließ immer heulend den Biergarten, den wir eigentlich aufgesucht hatten, um uns zu versöhnen. Es war entsetzlich, vernichtend und ließ sich auch mit der größten Vernunft nicht aus der Welt schaffen.

Ein halbes Kind gibt es nicht. Bei der Frage, ob man ein Kind bekommen möchte oder nicht, gibt es keine Kompromisse, nur eine Verliererin. Die, die nachgibt, verliert, und zwar sehr viel: die eine die Aussicht, Mutter zu werden, die andere ungestörte Nächte, Frieden und Wohlstand sowie die volle Zuwendung der Partnerin.

Judith wollte partout kein Kind. Die Unwiderruflichkeit der Entscheidung, die möglichen Konsequenzen! Sie scheute – diese Haltung teilte sie mit vielen heterosexuellen Männern – »die Verantwortung«. Gut, wir hatten damals kaum Geld. Aber ich sagen Ihnen mal was: »Die Verantwortung« kann mich mal. Gefühlt ist sie, zumindest bei Judith, immer viel größer als die

Pflichten, die tatsächlich auf sie zukommen. »Die Verantwortung« wird bei ihr zu einem monströsen Schattenriss, der alles Leben tötet. Leben heißt auch kopflos sein.

Außerdem, glaube ich, fürchtete Judith zu Recht, den Kindesplatz in meinem Herzen zu verlieren, endgültig ins Erwachsenensein gestoßen zu werden. Ich würde ihr, der Sechsundvierzigjährigen, dann ein für alle Mal sagen müssen: »Du kannst dich jetzt nicht mehr schreiend wie eine Dreijährige auf dem Boden wälzen, denn es gibt jetzt einen *echten* Dreijährigen und der erwartet von dir verdammt noch mal, dass du dich wie eine Erwachsene benimmst.«

Würde Judith es schaffen, sich aus ihrem viel zitierten Verantwortungsgefühl vor einem Kind zusammenzureißen und wie eine Erwachsene zu benehmen? Ich zweifelte.

Und nach der Schreierei oft plötzlich rasselnder Atem bei Judith, so dass ich schmerzvoll dachte: »Nicht bloß neurotisch und faltig, sondern auch organisch bereits ein Krüppel. Möchtest du mit einer solchen Frau wirklich ein Kind haben?«

Ja. Sie hatte auch Vorteile. Ohne es sich selbst einzugestehen, war Judith herzlich kinderlieb. In den rotgelockten eigensinnigen Sohn einer Freundin war sie geradezu vernarrt. »Ben« hier und »Ben« da. Sie glaubte bloß, dass Lesben wie wir nicht im Stand der Gnade wären, solch ein tolles Kind zu bekommen. Unser Kind würde sicher behindert oder ein Soziopath oder – ein Mädchen. Auch Judith wollte kein Mädchen, kein neues Opfer in die Welt setzen. Ein Mädchen zu bekommen, hätte sie, wie mich, an die Narben ihrer eigenen Pubertät erinnert und an die fortdauernde Schlechterbehandlung als Frau in jeder Hinsicht, teils subtil, teils handfest monetär.

»Lesben kriegen meistens Jungs«, bemerkte ich trocken. »Weil sie möglichst zeitnah am Eisprung inseminieren und die Eizelle wird dann eher von Spermien befruchtet, die auf XY, also Junge, gepolt sind, weil ihnen ein Beinchen fehlt und sie dadurch schneller sind.«

»Ein Beinchen fehlt?!«

»Dem X fehlt gegenüber dem Y ein Beinchen. Also, XY statt XX ist leichter.«

»Ich misstraue deinen Biologiekenntnissen.«

»Zu Recht. Aber ich verachte dein ewiges Misstrauen und Zweifeln, diesen Pessimismus, der uns auch nirgendwo – wirklich *nirgendwohin, hörst du* (ich schrie wieder einmal um vier Uhr morgens unser Wohnhaus zusammen) hin führt. Geh und buch dir schon deinen Platz auf dem Friedhof. Möglichst weit weg von mir, auf dem Grinzinger.«

Tatsächlich kamen Judiths Vorfahren aus Österreich. Gegen Judiths Misanthropie war Elfriede Jelinek ein Leichtfuß.

Judith lag auf dem Sofa, das Gesicht zur Wand, und röchelte. »Soll ich Holger rufen?«, fragte ich. Ein befreundeter Arzt, der seine Praxis in der Nähe unseres Wohnhauses hatte, käme dann nach Praxisschluss vorbei und gäbe ihren Bronchien eine Entspannungsspritze.

Schweigen.

Ich ging einfach. Sollte sie doch selbst sehen, wie sie klar kam. So lieblos wurden unsere Tage und Nächte. Mit unseren entgegengesetzten Lebensentwürfen hatten wir buchstäblich keine Liebe mehr füreinander übrig. Unser Liebesvorrat war nach zwei Jahrzehnten erschöpft. Es war die Hölle. Wir sollten uns trennen.

Das Wunder von Altona

Ein dumpfer Aufprall, anschwellendes Gemurmel. Judith schrie: »Da liegt eine Frau auf den Schienen!« Ich drehte mich um und sah eine Frau mittleren Alters im rehbraunen Wintermantel im Gleisbett. Mit einem anderen Wartenden sprang ich herunter und versuchte, die Frau wieder zur Besinnung zu bringen. Ihre Lippen waren blau, aber sie atmete. Leider fiel mir keine geeignete Wiederbelebungsmaßnahme ein und ich war zu schwach, die Frau zurück auf den Bahnsteig zu wuchten. Die Zeit drängte, kurz zuvor war die Durchsage gekommen: »Auf Gleis 4 fährt in Kürze ein der IC ›Theodor Storm‹ von Westerland nach Köln.«

Ich kletterte wieder aufs Gleis, während mich ein zweiter Mann ablöste. Unter Mühen gelang es, die Frau auf den Bahnsteig zu heben. Unterdessen rief ich den Notruf an, schilderte die Situation. Ein zufällig anwesender Arzt kniete sich jetzt neben die Frau und praktizierte Erste Hilfe. Ein Herzanfall? Es war mir so schändlich egal – ich hatte getan, was ich konnte, und ich hatte meinen eigenen Kummer. Judith, selbst Ärztin, stand ein paar Meter weiter und weinte hilflos. Ich fragte mich, was sie so bewegte, aber auch nicht wirklich, denn Judith war die Ursache meines Kummers. Judith wollte kein Kind.

Ich wollte unbedingt ein Kind. Wir hatten gerade Kristin, meine beste Freundin, besucht, die hochschwanger war. Mein Kinderwunsch schmerzte wie eine Wunde, die, statt zu verheilen, immer fauliger wurde, in die schon die Fliegen Eier legten. Unerträglich. Ich war nicht mehr zu beruhigen und hatte einen Entschluss gefasst, schon bevor wir am Bahnhof angekommen waren.

Judith weinte über die kranke Frau, ich hätte sie am liebsten in den Arm genommen. Doch sie sah mich auch an, als wäre ich der Feind, und vermutlich war mein Blick nicht anders: traurig, bitter, hilflos. Schließlich kam sie zu mir.

Ich sagte, den Blick irgendwohin gerichtet: »Entweder wir bekommen ein Kind, oder ich verlasse dich. Dann bleibe ich zwar auch kinderlos, werde aber nicht mehr von deiner Lebensangst bestimmt.«

Judith traute sich ein Kind nicht zu und glaubte auch, ich wüsste nicht, was ich mir wünschte. In der Tat hatte ich keinen Schimmer, was auf mich zukommen würde, aber ich wünschte mir diesen Sprung ins Ungewisse mit aller Macht. Schlimmer als jetzt konnte es nicht werden.

Da geschah das Wunder. Judith antwortete langsam: »Okay, wir ziehen das durch.«

Sie gab nach wie der Vater des liebeskranken Prinzen im Märchen, der sterben will, wenn er die Geliebte nicht haben kann. Sie wollte mich lebendig und zufrieden und ja, sie würde mir helfen, schwanger zu werden. Ein geistiger Vater, was genauso würdevoll ist wie ein leiblicher, wenn nicht noch cooler.

Ich konnte Judiths Einverständnis in seiner Tragweite zunächst nicht fassen. Man kann über Judith sagen was man will, dass sie ängstlich ist, pedantisch, mitunter jähzornig, aber sie ist zuverlässig und loyal. Sie steht zu ihrem Wort, bei allen Zweifeln.

»Warum?«, formulierte ich schließlich.

Sie wischte sich Tränen aus dem Gesicht. »Weil ich eben gesehen habe, wie ungeheuer zerbrechlich das Leben ist. Das hätte ich sein können, die Frau mit dem Herzinfarkt. Man sorgt sich und sorgt sich und schafft und macht – dann verstopft eine Aorta und aus die Maus.« Ich reichte ihr ein Taschentuch, mit dem sie sich schnäuzte.

»Schlimmer als jetzt kann es nicht werden«, sagte Judith.

»Ja.«

Wir hörten Blaulicht. Zwei Sanitäter kamen mit einer Trage, gefolgt von einer Notärztin, und trugen sie rasch davon. Ich glaubte, die Frau im braunen Wintermantel lebte, und sprach ein kurzes Gebet für sie. Der Zug kam, wir stiegen ein. Ein winziger stiller Friede überkam uns, als wir schließlich auf unseren Plätzen saßen.

Magenta

Ich musste eh zur Krebsvorsorge. Leider hatte meine alte Frauenärztin im vergangenen Herbst aufgehört und ihre Praxis an eine jüngere Kollegin übergeben. Frau Dr. Özcan-Meyer war in meinem Alter, zwischen fünfunddreißig und vierzig. Ob sie für meinen Kinderwunsch Verständnis haben würde, wusste ich nicht. Ich wusste nur von ihrem beruflichen Lebenslauf auf der Praxishomepage, dass sie, nach einer erstklassigen Ausbildung, zuletzt in einem FDP-Wähler-Stadtteil mit Gründerzeitvillen und schattigen Alleebäumen gearbeitet hatte, verheiratet war und zwei Kinder hatte.

Die alte Innenstadtpraxis leuchtete in einer neuen Farbe: Zwischen zartgrauen Designerbüromöbeln glühten diverse kleine Accessoires in Telekom-Magenta, dunklem Pink. Vielleicht hatte die Ärztin einen Innenarchitekten beauftragt, der ihr sagte, Magenta würde eine intime »weibliche« Atmosphäre schaffen, in der sich Patientinnen entspannten. Mich aber machte Magenta todtraurig. Ich fühlte mich von Blut umwallt, als würde ich eine verkrebste Gebärmutter begehen.

Außerdem hatte die Farbe etwas Puffartiges. Frau Dickhoff, die ich sonst nur als rundliche freundliche MTA kannte, die mir den Puls maß, wirkte hinter ihrem pinkfarbenen Tresen plötzlich wie eine Thekenschlampe, die gleich auf mich zustöckeln würde, um mich zu fragen, ob ich sie nicht zu einer Flasche Sekt der Hausmarke einladen würde. So ganz wohl fühlte sie in ihrer Haut auch nicht, das konnte man ihr ansehen – gleichzeitig wirkte sie merkwürdig verjüngt durch ihren Besitzerwechsel, denn die alte Ärztin hatte sie jahrelang zwischen hell- und kackbraunen Siebziger-Jahre-Möbeln mit abgerundeten Ecken versauern lassen. »Zur Vorsorge?« fragte sie mich mit einem winzig kleinen koketten Augenaufschlag. Ich nickte.

Schließlich saß ich im Büro der Ärztin. Frau Dr. Özcan-Meyer war eine bildschöne Frau mit halblangem, schwarz glänzendem Haar. »Was kann ich für Sie tun?«, fragte sie mich schlicht, nachdem sie sich gesetzt und ihre kleinen gepflegten Wurstfinger mit goldenem Ehering auf dem Schreibtisch vor mir ausgebreitet hatte. Es fiel mir schwer. Wirklich sehr schwer. Zu erklären, dass ich als Lesbe ein Kind haben wollte, war wie ein zweites Coming-out, das sich tatsächlich noch über Monate hinziehen sollte. »Ich möchte ...«

Dunkle Augen schauten mich unter blauem Lidstrich forschend an. Entweder, ich wollte reden oder nicht. Sie konnte warten.

Ich räusperte mich. Modigliani-Akte starrten von

den Wänden. Ich hasse Modigliani, abgesehen von den frühen Bildern, aber auf Pink wirken die sich räkelnden mandeläugigen Schönheiten durchaus appetitlich.

Ihr Dekolleté war ein bisschen knochig, nicht wirklich schön. Aber das lag nur am Schlüsselbein, der BH war wohlgefüllt.

»Örrggg«, brachte ich heraus und verstummte wieder.

»Lassen Sie mich raten«, sagte die Ärztin schließlich. »Sie haben ungeschützten Geschlechtsverkehr gehabt und jetzt fragen Sie sich, ob Sie womöglich entweder krank sind oder schwanger. Das wäre die Standardsituation.«

»Nein«, sagte ich und dann brach das Ungeheuerliche aus mir heraus wie das Alien aus Sigourney Weaver in der gleichnamigen Science-Fiction-Reihe: »Ich möchte ein Kind.«

Sie verstand nicht. »Kann Ihr Mann nicht?«

Ich wurde magentarot und antwortete tapfer: »Es gibt keinen Mann.«

»Okay.«

»Ich bin lesbisch.«

»Ja.«

»Ich bin seit zwanzig Jahren mit einer Frau zusammen. Wir wünschen uns ein Kind.« Dann versuchte ich zu scherzen: »Kurz vor der Silbernen Hochzeit.«

Frau Dr. Özcan-Meyer lächelte, zündete sich eine Zigarette an und öffnete weit das Fenster. Dort blieb sie stehen und pustete den Rauch hinaus, dachte offenbar nach. Auf ihrem Feuerzeug, das sie auf den Schreibtisch geworfen hatte, war Che Guevara mit seinem albernen Donald-Duck-Mützchen und rotem Stern abgebildet. Als sie sich wieder umwandte, sagte sie zu mir: »Sie brauchen einen Mann. Fürs Kinderkriegen, meine ich.«

»Ach was«, entgegnete ich humorlos.

»Wissen Sie was, ich finde das völlig in Ordnung. Der Vater ist nicht wichtig, nur die Mutter. Der ganze Fimmel um den Vater ist eine Erfindung des Patriarchats.«

Sie hatte ihren Engels gelesen. Ich fand meine Frauenärztin plötzlich hinreißend, eine Marianne auf den Barrikaden mit halb heraushängendem Busen und wehender Trikolore. Sie zögerte erneut und dachte nach. Dann sagte sie: »Ich nehme Ihnen jetzt erst mal Blut ab, um Ihre Hormonwerte zu bestimmen und nachzuschauen, ob Sie schon Immunität gegen schwangerschaftsgefährdende Krankheiten wie Röteln besitzen. Okay?«

»Okay.« Ich fühlte Dankbarkeit. Onkel Tom liebt seinen Sklavenhalter, weil er gut zu ihm ist. Auf heterosexuelle Liberale wie Frau Dr. Özcan-Meyer war ich in meinen zwanzig Jahren Lesbischsein immer wieder angewiesen – eine Hassliebe.

»Und jetzt zur Krebsvorsorge«, befand sie, nachdem sie mir einen Pflasterstreifen auf die Armbeuge geklebt hatte, und ging vor in den Untersuchungsraum. Die Umkleide war in ein schummriges Magenta getaucht und sah aus, wie ich mir den Wichsraum für Samenspender in einer Fruchtbarkeitsklinik vorstelle, nur dass das Pornomagazin fehlte. Ich war seltsam erregt. Meine Frauenärztin war auf meiner Seite. Meine Freundin war auf meiner Seite. Ich menstruierte noch regelmäßig. Jetzt würde alles gut werden. Ich würde schwanger werden. Ich entblößte mich bis auf die Socken, stellte erleichtert fest, dass ich mir die Beine rasiert hatte, und stakste zum Untersuchungsstuhl, wo Frau Dr. Özcan-Meyer schon auf mich wartete.

Frau Dr. Özcan-Meyer wirkte ein bisschen aufgekratzt, als sie mit dem Ultraschalldildo in mir herumfuhr. Ich gab mir größte Mühe, mir meine generelle Erregung nicht anmerken zu lassen. Nachher will sie mich nicht mehr behandeln, weil ich sie in Verlegenheit bringe, und ich brauche sie doch als Verbündete für die Kinderwunschbehandlung. Als ich die Praxis verließ, fragte ich mich, ob es nicht ein Fehler war, mich ihr zu offenbaren. Ich faulte vor Scham. Aber Judith konnte mich überzeugen, dass mein Wunsch völlig in Ordnung war und Frau Dr. Özcan-Meyer, die sie bereits aufgrund einer Candida-Behandlung kannte, auch. Judith freute sich für uns, dass unsere Frauenärztin uns unterstützen wollte, und erklärte, das nächste Mal zum Gespräch mitkommen zu wollen.

Als eine Woche später das nächste Gespräch in der Frauenarztpraxis anstand, war Judith krank. Ich ging wieder allein hin – was übrigens noch mein Schicksal in den kommenden Monaten werden sollte. Nicht nur das Kinderkriegen, sondern auch das Kinderzeugen blieb Femme-Sache. Meine Hormonwerte waren in Ordnung bis auf eine kleine Progesteronschwäche, gegen die mir die Ärztin ein Präparat verordnete.

»Pro-was?«, fragte ich. Mein Sexualkundeunterricht lag Jahrzehnte zurück. Das Einzige, was mich jahrelang an meine weibliche Biologie erinnert hatte, war meine Regelblutung gewesen, die mich Monat für Monat überraschte, als wäre es die erste. Ansonsten hatte ich – Glück des Lesbischseins – in meinem Privatleben, bei allen Diskriminierungen im Alltag, nie darüber nachgedacht, ob ich nun Mann oder Frau war. Ich war einfach ich, lebte eine unbekümmerte Androgynität.

Frau Dr. Özcan-Meyer zwinkerte: »Progesteron ist das Hormon, was die Schwangerschaft nach der Befruchtung aufrechterhält.«

Gegen Röteln war ich immun. Dunkel erinnerte ich mich an eine Impfung mit dreizehn, vierzehn

Jahren durch unseren spitzbäuchigen Landarzt: einen zugereisten frömmelnden Katholiken aus dem Münsterland. So lange war ich schon fruchtbar! Es konnte einfach nicht wahr sein. Und erst jetzt, kurz vor der Menopause, wünschte ich mir ein Kind. Frau Dr. Özcan-Meyer sagte noch diverses anderes, was hoffnungslos an mir vorbeirauschte, weil ich so unglücklich und überfordert mit der ganzen Situation war. Unerfüllter Kinderwunsch holt die Scheiße aus dir heraus. Ich fühlte mich wie in der Pubertät, im Coming-out.

Schließlich legte die Ärztin wieder ihre entzückenden kleinen braunen Wurstfinger vor sich auf den Tisch, wie auf diesem berühmten Picasso-Foto, auf dem der Maler im Ringelhemd am Frühstückstisch sitzt und vor ihm liegen zwei Hände aus Brot mit Teigfingern. Echte Muppet-Hände. Aber süß.

Sie wirkte plötzlich sehr ernst.

»War noch etwas?«, fragte ich. Plötzlich wurde mir klamm zumute. Die Blutwerte.

»Nein.« Wieder ging sie ans Fenster, öffnete es weit und zündete sich eine Zigarette an. »Nur wenn es Sie interessiert …«

»Was!« Spannung ertrug ich gerade nicht. Absagen nicht und Drumherumreden nicht. Meine Nerven waren rohes Fleisch. Fieber. Entzündung.

»Ich habe meinen Mann gefragt.«

Der Satz stand zwischen uns wie eine stille Monstrosität. Sie hatte ihren Mann gefragt. Weswegen hatte sie ihren Mann gefragt? Damit er mir Sperma spendet.

Das war ungeheuer großzügig. Keine Hetera, die ich kenne, würde das machen – nur eine überzeugte Linksliberale, die von der Freiheit beseelt ist. Ich konnte mir förmlich vorstellen, wie sie ihren Mann, der zunächst vermutlich alles andere als überzeugt war, einen Abend lang platt redete: »Holger, sei großzügig!« Und Holger, der Salonkommunist mit eigener Rechtsanwaltspraxis im Univiertel, gab schließlich nach, um ihr zu zeigen, dass auch er noch Ideale hatte, und um sich selber wieder jung und glühend von der reinen Lehre zu fühlen: Eigentum ist Diebstahl, Kampf dem Privatsperma!

Gott, wie sah Holger bloß aus? Bestimmt nicht schlecht, wenn ich mir seine Frau, direkt vor mir, so anschaute. Andererseits gab es manchmal sehr schöne Frauen, die hässliche kleine Knilche besaßen. Hauptsache Sperma? Ich zweifelte. Andererseits: Der Mann hatte schon Kinder und würde wohl, anders als ein schwuler Spender, nicht Gefahr laufen, vor plötzlich aufwallender Rührung dem lesbischen Mütterpaar ständig in die Erziehung zu funken – Holger war, zeitlich wie emotional, als Vater bereits ausgelastet.

Ich richtete mich vorsorglich aufs Schlimmste ein

und stellte mir unter einem »linken Rechtsanwalt« eine Art Gregor Gysi vor, einen kleinen bebrillten Hansdampf mit glänzender Stirnglatze, rhetorisch gewandt, von verbaler Potenz. »Cocky«, wie der Engländer sagt. Oder einen Jean-Paul Sartre mit Glubschaugen hinter dicken Brillengläsern. Konnte ich damit leben? Ja, ich konnte, entschied ich nach ein paar Schrecksekunden. Nicht zu anspruchsvoll sein. Schlimmstenfalls bekäme ich ein hässliches kleines Mädchen, das mich permanent zutextete und mir die Worte im Mund verdrehte.

Frau Dr. Özcan-Meyer hatte ihre Zigarette inzwischen aufgeraucht. Sie wirkte verlegen. »Sie müssen das nicht annehmen«, sagte sie, mir immer noch den langen Rücken mit der schmalen Taille zuwendend. »War nur eine Idee, damit es nicht so kompliziert und teuer für Sie wird.«

»Und was meint Ihr Mann dazu? Ich meine, wenn's mit der Schwangerschaft klappt und gut geht, hätten Ihre Kinder ein Halbgeschwisterchen.«

Schwarze Pupillen, ernst fokussiert, mit einem Hauch von Wärme: »Alles besprochen. Wir machen das gerne.«

Ich nickte langsam. »Danke.«

Dann sprachen wir noch eine Weile. Am Schluss des insgesamt etwa vierzigminütigen Gesprächs – Frau Dickhoff, die Sprechstundenhilfe, rüttelte schon an der Tür, weil frustrierte Patientinnen im

Wartezimmer sie zu attackieren begannen – fragte ich Frau Dr. Özcan-Meyer, ob sie meine Freundin kenne. Sie hieße auch Lang. Judith Lang. Sie zögerte einen Moment: »Ja, ich erinnere mich. Juckreiz, Infektion.« – »Ja, genau.« – »Ich glaube, sie erfährt besser erst mal nichts von unserem Deal, sie ist so humorlos.«

Frau Dr. Özcan-Meyer nickte, mit einem kleinen Lächeln im Mundwinkel. Judith ist wirklich alles Mögliche außer locker – außer, wenn sie Bailey's trinkt, was ja nun kein wünschenswerter Dauerzustand ist.

»Hauptsache Baby«, sagte sie. »Ihre Freundin wird sich freuen, wenn das Baby da ist.«

Ich fand auch, dass Judith schlichtweg damit fertig werden sollte – schließlich hatte ich den Kinderwunsch eigentlich schon seit Jahren und Judith hatte immer gebremst, nach dem Motto: »Es geht nicht: Wir sind zu lesbisch, zu arm, zu alt. Wir können kein Kind aufziehen«. Dass ich jetzt schon auf die vierzig zuging und alles schnell passieren musste, war wirklich nicht meine Schuld. Ja, ich würde mithilfe des Ehepaars Meyer jetzt einfach schwanger, en passant wie eine Hete, und Judith würde sich schon noch darüber freuen und mir dankbar sein und nicht mosern, ich hätte sie nicht einbezogen in die Planung.

»Holger, mein Mann, findet's, glaube ich, auch einfacher, wenn er nur Ihnen gegenübertreten muss«, sagte Frau Dr. Özcan-Meyer, nun doch etwas verlegen. Vielleicht war sie selbst erleichtert, Judith in einer solchen Situation nicht gegenübertreten zu müssen. Judith, klein, laut und oft zornig, kam ihrem biblischen Vorbild charakterlich sehr nahe; man konnte sie sich gut mit einem abgeschnittenen Kopf in der Linken vorstellen, während sie rechts ein blutiges Schwert schwenkt. Wir waren uns also einig, Hauptsache.

»Auf Wiedersehen, Frau Lang«. Die Ärztin stand auf und reichte mir ihre kleine, wohlgepolsterte Hand. »Ich schicke Ihnen dann, wie versprochen, eine E-Mail.«

Die E-Mail kam eine Woche später, als ich gerade auf der Arbeit war und nach der Mittagspause kurz meine private Webmail-Adresse aufrief.

»Liebe Frau Lang,

wir würden uns freuen, wenn Sie Zeit hätten, am Donnerstag, dem 15. Mai, um 19 Uhr mit uns im Restaurant ›Üsküdar‹ in der Schiffergasse zu Abend zu essen.

Mit freundlichen Grüßen

Senay Özcan-Meyer und Holger Meyer«

Ich hatte am Donnerstagabend Zeit und erklärte Judith, ich würde mit Kollegen essen gehen. Die Schiffergasse liegt im Bahnhofsviertel, weitab von unserer Wohnung und es war unwahrscheinlich, dass sie dort unverhofft auftauchte. Außerdem war das »Üsküdar« ein Spitzenrestaurant, in das sich Freunde von uns, denen ich dort hätte begegnen können, nicht ohne weiteres verirrten. Nicht unsere Preisklasse. Ich war an den Dispokredit gegangen, was ich sonst vermied. Ein echter Notfall, Kinderwunsch. Eine Investition. Auch war es sicher keine Strafe, im »Üsküdar« essen zu gehen. Judith und ich hatten dort vor Jahren einmal gegessen, ein Geschenk meiner Firma zur Hochzeit – ein Traum.

In Schale geschmissen, mit roten Lippen, äugte ich kurz durch die Scheibe des Nobelrestaurants, bevor ich eintrat. Frau Dr. Özcan-Meyer saß in einer Nische an der Seite, mit einem mittelgroßen aschblonden Pykniker, der viel lachte. Blitzschnell resümierte ich: Könnte ich mit einem lustigen Dickerchen als Sohn oder Tochter leben? Macht mir diese Wischiwaschi-Haarfarbe etwas aus, oder hat Herr Meyer, über seine angeborene Heiterkeit hinaus, innere Werte, die sein Aussehen wettmachen? Ins Bett gegangen wäre ich mit ihm sicherlich nicht, er sah ein bisschen schwitzig aus. Aber ich fand ihn akzeptabel. Also trat ich ein und winkte dem Paar leichthin zu, als die Tür hinter mir ins Schloss fiel.

Herr Meyer erwies sich, dem Dialekt nach, als Rheinländer, war dann aber doch nicht so lustig, sondern bei allen Versuchen, die Situation witzig zu finden, recht verlegen. Ich fand ihn sympathisch und tapfer. Er versuchte beim Aufstehen doch tatsächlich so etwas Cooles zu sagen wie: »Guten Tag, ich bin Holger Meyer. Wie finden Sie mich?«

Ich musste trotz aller Qual lächeln. »Guten Abend, Herr Meyer. Vielen Dank für Ihr Angebot. Es ist wirklich sehr großzügig von Ihnen.« Meine Mutter hatte mich quasi britisch erzogen und mich gelehrt, auch in den skurrilsten Momenten höflich zu sein.

Dann aßen wir erst einmal. Die Meyers hatten schon eine Tafel bestellt. »Machen Sie sich keinen Kopf wegen der Rechnung«, sagte Frau Dr. Özcan-Meyer. »Die Besitzerin ist eine Freundin von uns. Wir werden auch gleich nach oben in ihre Wohnung gehen und dort ungestört sein.« Ich nickte gottergeben. Die Besitzerin, eine große schlanke, sehr aufrechte Frau um die vierzig, koordinierte im Hintergrund diskret das Personal, statt es zu piesacken. Ich war ihr dankbar. Türken, die es nicht verstanden hätten, dass man Kinder wollte, waren mir noch nie begegnet; wenn es um

Kinder oder Musiker ging, drückten sie entgegen ihrem zelotischen Image gleich acht moralische Augen zu.

Das Essen war fantastisch (»Nein, Holger, kein Wein heute Abend«, mit liebevollem Puff in die Seite) und wenn man aus dem Fenster sah, schaute man auf die orangefarbene Neonreklame eines alten Sexshops mit der schönen Aufschrift »Gay und Sexshop«. Diese Art von 70er-Jahre-Sexshop sieht man immer seltener, alles wird härter.

Schließlich tupfte sich meine Frauenärztin mit blitzenden Augen die Lippen ab, ordnete mit den Fingern ihre schicke Jackie-Onassis-Turmfrisur und sagte: »So, wir gehen jetzt mal nach oben. Und Sie, Frau Lang, kommen in zwanzig Minuten nach und warten vor der Tür am Ende des Flurs.« Dann zeigte sie mir noch den Aufgang zur Wohnung.

Ich saß draußen vor der Wohnungstür wie ein Tagelöhner, der auf die Lohntüte wartet, erbärmlich, arm. Dann rief mich Dr. Özcan-Meyer herein: »Bitte kommen Sie. Ich werde Ihnen das Sperma jetzt per Schlauch direkt in die Gebärmutter injizieren – das erhöht die Wahrscheinlichkeit der Befruchtung.« Sie wirkte ein wenig verwuschelt, hatte sich sicher zuvor an ihrem Mann zu schaffen gemacht. Ich zog mir Hose und Slip aus, legte mich aufs Bett der »Üsküdar«-Besitzerin, das Frau Dr. Özcan-Meyer vorsorglich mit einem babyblauen

Frotteehandtuch geschützt hatte, und spreizte die Beine weit auseinander, die Knie angewinkelt.

Die Ärztin betrachtete mich mit vergnüglichem Funkeln, ich musste tiefrot vor Scham und Demütigung sein. Und, na ja, meine Frauenärztin sah, wie gesagt, nicht gerade schlecht aus und hier lag ich außerhalb der Praxis halbnackt vor ihr, auf einem Bett. Jedenfalls injizierte sie mir konzentriert das Sperma, es war ein bisschen unangenehm am Muttermund, aber nicht schlimm. Draußen grölten junge Leute.

Als sie fertig war, legte sie mir beruhigend die Hand auf den Oberschenkel. »Und jetzt bleiben Sie noch ein bisschen liegen.« Die Hand ließ sie einfach auf meinem Oberschenkel, ihre Augen wanderten zum Fenster. Sie schwieg. Ich atmete möglichst leise. Die Position ihrer Hand verschob sich leicht. Dann brach uns die Beherrschung weg. Einen Moment lang dachte ich noch: »Wo ist eigentlich Holger?«, aber da lag Frau Dr. Özcan-Meyer schon auf mir. Ich bekam ihren Hintern zu fassen und arbeitete mich blindwütig vor, wie andere Holz hacken. Sie küsste wie der Teufel. Ich glaube, wir haben das beide echt gebraucht und zwar seit sehr, sehr Langem. Jedenfalls ging es zwischen uns rund, zwei seriösen verheirateten Frauen im mittleren Alter –, bis schließlich, nach einer halben Stunde, ein ratloser Holger an die Tür klopfte.

Frau Dr. Özcan-Meyer setzte zuerst ein seriöses Arztgesicht auf, bevor sie ihm mit tadelloser Berufspersona antwortete: »Wir sind noch nicht fertig, einen Moment bitte.« Was inhaltlich stimmte. Wir lächelten uns, entgeistert über das Geschehene, mit der größtnochmöglichen Freundlichkeit an und ordneten unsere Kleidung. Sollte es mit der Zeugung geklappt haben, durfte sich Frau Dr. Özcan-Meyer als Patentante betrachten.

Im Gehen verabschiedete ich mich hastig von Holger, der geduscht in Unterwäsche, ein Buch auf den Knien, im Wohnungsflur saß, ging dankend an der lächelnden Besitzerin des »Üsküdar« vorbei, bevor ich auf die Straße hastete und nach der nächsten Straßenecke in einem Hauseingang zusammensackte. Dann sortierte ich mich innerlich und ging nach Hause zu meiner Freundin.

Wer ein Kind möchte, muss in Teilen sehr kalt und zäh sein, immer ans große Ziel denken. Man könnte ansonsten wegen fortgesetzter Enttäuschung so viel heulen, dass man's nicht aushielte.

Vierzehn Tage später bekam ich meine Regel, Holgers Sperma hatte es trotz des großartigen Settings leider nicht geschafft. Ich wechselte die Praxis. Manchmal begegne ich Frau Dr. Özcan-Meyer auf der Straße, da unsere Arbeitsstellen nur ein paar Straßenzüge voneinander entfernt liegen.

Dann funkeln wir uns hitzig an, grüßen und gehen weiter. Ich bin stolz auf sie, meine aufrechte Linke, denn sie schämt sich für unseren Sex nicht. Aber wir beide wissen, dass es kein zweites Mal gibt.

Und was mache ich nun?, fragte ich mich. Bezüglich meines Kinderwunsches …

Sondierung

Nach der Episode mit dem Ehepaar Özcan-Meyer hatte ich die Nase voll von der Vorstellung, irgendwelchen Männern zwecks Samenspende im Hinterzimmer zu begegnen und womöglich in Ehe-Komplikationen hineingezogen zu werden. Ich wollte eine »saubere« Lösung, menschlich wie medizinisch. Und wer konnte mir Auskunft geben wenn nicht Bettina, mittlerweile dreifache lesbische Mutter (die kleinen Dinger machen alt, aber süchtig) und exzellente Kennerin der Samenspender-Szene? Ich traf mich mit ihr auf dem Spielplatz, wir wohnten im gleichen Viertel.

Zusammenhängende Dialoge mit Müttern in Anwesenheit ihrer Kinder sind bekanntlich unmöglich. Deswegen wundern Sie sich bitte nicht über das folgende Stakkato. Dass überhaupt ein Gespräch zustande kam, war dem Umstand geschuldet, dass Bettina an dem Nachmittag nur ihren Zweijährigen dabei hatte; die beiden Älteren buddelten gerade mit Opa im Schrebergarten. Zum Glück auch war der Spielplatz fast leer. Er lag im Bordellviertel, wo Kinder bekanntlich eher verhindert als ausgetragen werden.

Ich (etwas verlegen): »Du, Bettina, weshalb ich dich eigentlich sprechen wollte …«

Bettina (brüllend, weil sie gerade fünf Meter entfernt am Klettergerüst stand und aufpasste, dass Max nicht runterfiel und sich die Fontanelle aufschlug): »Ja???«

Ich (näher kommend angesichts der scharfen Brasilianerin, die scheinbar desinteressiert Zeitung lesend auf der Bank an der Sandkiste herumhing, während ihr Sohn dort buddelte; ich kannte sie aber und wusste, dass sie grützneugierig war und alles sofort im Viertel herumerzählte):

»Ich suche, beziehungsweise wir suchen, einen Samenspender.« Sprach etwas betreten, weil es, wie ich schon erwähnte, ungeheuren Mut für mich bedeutete, diesen Wunsch zu »outen«.

Bettina reagierte mit der überwältigenden Euphorie aller Bereits-Mütter, die Fälle von Unfruchtbarkeit, Fehl-, Früh- und Totgeburten sowie Schwerstbehinderung in einem Schwall von Glückshormonen ausblenden. Wer zu sehr nachdenkt, bekommt kein Kind.

»Oh, wie schön! Ja, macht das! Super!« Et cetera bla bla. Ihr anfeuerndes Interview dauerte eine Viertelstunde, unterbrochen durch Keuchpausen, wenn Max irgendwo hochgestemmt werden musste, weil er das jeweilige Kletterziel noch nicht selbst erreichte, und Max war ein ziemlicher Brummer von bereits fünfzehn Kilogramm.

Schließlich setzte ich Bettinas Tirade ein Ende:

»Ja und da habe ich gedacht, du könntest uns vielleicht Tipps geben, wie wir einen passenden Samenspender finden.«

Sie wurde nachdenklich. »Also, unseren könnt ihr leider nicht haben. Peter sagt, drei Kinder seien ihm genug.« Peter ist ihr schwuler Schwager und den wollte ich auch nicht für nur einen Nachmittag geschenkt bekommen geschweige denn Kinder mit ihm haben. Ein unerträglicher Sesselpupser, in dessen Wohnzimmer man am offenen Herzen operieren könnte. Jeder Fingerabdruck wird sofort vom gläsernen Couchtisch entfernt. Wie er mit seinen Kindern klarkommt, ist mir ein Rätsel. Vermutlich ist seine Wohnung tabu für sie.

Ich grunzte Verständnis.

»Also, da gibt es auch eine gemischte Gruppe aus Lesben und Schwulen, die Eltern werden wollen und sich gegenseitig beriechen, ob sie zueinander passen.« Keuch. Max musste von der Spitze des Klettergerüsts befreit werden, wo er sich auf eine Plattform gerettet hatte und nun nicht mehr herunterfand. Als Bettinas Füße den Erdboden wieder berührten, sprach sie, völlig durchgeschwitzt, weiter:

»Aber ich fand, das klang nicht so gut. Guck mal, du und Judith, ihr hab zwanzig Jahre gebraucht, um euch zu entscheiden, ein Kind miteinander zu haben. Und da sollt ihr euch binnen Wochen entscheiden, ob ihr noch ein oder zwei völlig unbekannte Männer mit dazunehmt? Die meisten wollen auch ›aktive Väter‹ sein, das heißt, mittuten. Daraus kann dann schnell ein Streit zu viert werden, alle gegen alle und in der Mitte einsam das Wunschkind.«

Judith hatte sich schon ähnlich geäußert. Wir stritten uns bereits genug, und bei der Aussicht auf gleich vier Streithennen spürte ich, wie mir vor Erschöpfung Krebszellen wuchsen.

»Gibt es nach deiner Erfahrung echt keine Männer, die nur spenden möchten und einmal im Jahr Blümchen bringen zum Geburtstag des Kindes oder so?«

»Nee. Selten.«

Männer werden unterschätzt. Wer denkt, dass sie ihr Sperma wild durch die Gegend spritzen, um, eitel und verantwortungslos, möglichst viel Nachwuchs zu zeugen, irrt. Wenn sie Vater werden, dann aber auch richtig, mit »Verantwortung« und allem Pipapo. Nach meiner Erfahrung gibt es tausendfach mehr Männer, die bei der Aussicht, Vater zu werden, die Schenkel zusammenkneifen und abhauen, ob verheiratet oder nicht.

Bettina wischte sich den Schweiß von der Stirn. Ihr T-Shirt klebte ihr am Körper, wodurch ich eine neue Form von Erotik entdeckte, die Mütter-Erotik: durchnässter Stoff auf kleinen, delikaten

Speckröllchen, flankiert von gewaltigen Popeye-artigen Oberarmmuskeln. Eine Mischung aus der Venus von Willendorf und Hulk Hogan, schwer zu beschreiben. Man denkt spontan: »Mama! Gibt es heute Abend Nudeln mit Tomatensoße und hinterher Pudding? Mama, nimm mich auf den Arm! Mama, ich hab dich lieb! Mama, ich hasse dich!«

»Also, die Männer in dieser Besamungsgruppe werden notorisch ausfallend, wenn man sie fragt, ob ihnen die Zeugung und gelegentliche Besuche nicht weitgehend reichten«, fuhr Bettina fort und rieb sich die schmerzenden Schultern. »Sie sagen dann zu den anfragenden Lesben, sie seien Unmenschen, weil sie ihren Kindern den Vater vorenthielten, und die sind dann beleidigt und gehen einfach und niemandem ist geholfen, Herrgott noch mal.«

Bettina hasste die Verschwendung von Samen und Eizellen aus tiefstem Herzen – vermutlich das mit Abstand einzige Wesensmerkmal, was sie mit dem Papst gemeinsam hatte.

»Okay, keine gemischte Selbsthilfegruppe dann«, sagte ich kleinlaut.

Die Brasilianerin hatte sich auf die Seite gedreht und ihr Top ein wenig gelupft, scheinbar zum Bräunen, aber ich wusste, dass sie gerne mit ihren Reizen nervte, und wenn kein Mann in der Nähe war, machte sie eben aus Spaß die Lesben an.

Biest. Was für eine Figur. Biest. Mir war elend vor Kinderwunsch und Begierde. Bei Heteros gehört das oftmals zusammen, aber bei mir waren die widersprüchlichen und doch zusammengehörenden Begierden verstreut wie nach einer Explosion.

»Guckt doch mal unter spermageschenk.de. Darüber sind einige Frauen, die ich kenne, schwanger geworden, ohne jedwedes Vatergedusel, und vielleicht hätte dein Kind dann auf Anhieb elf Halbgeschwister.«

»Oh.« Mehr fiel mir nicht ein. Ist es schön, elf Halbgeschwister zu haben, oder monströs?

»Ja, weißt du: Das sind oft Männer, die gerne Nachwuchs haben, selbst nicht verheiratet sind und sich bei Lesbenpaaren wie der Hahn im Korb fühlen. Es muss sich so ähnlich leben wie ein biblischer Patriarch oder ein arabischer Scheich: zig Nebenfrauen mit zig Kindern und der Clou: keine von ihnen musst du ernähren, weil sich die Frauen verpflichten, die Kinder selbst großzuziehen. Sobald die Co-Mutter das Kind adoptiert hat, ist der Spender tatsächlich aus dem Schneider. Er lebt, egal ob schwul oder hetero, weiter sein lustiges Single-Leben zwischen München, Thailand und New York, aber wenn er nach Hause kommt, wenn es draußen trübe ist und er über den Sinn des Lebens nachdenkt, kann er seine Fotosammlung an der Wand über seinem Bett anschauen und jedes einzelne seiner Kinder betrachten und schon füllt sich sein Herz wieder mit Hoffnung. Kinder bewirken das.«

Zwischendurch stank Max bestialisch, weil er nach einem Fläschchen Milch immer gewaltigen Stuhlgang hatte, wie mich Bettina aufklärte, während sie ihn notdürftig reinigte. Indes versagte ihr Deo, was mich mit großer Zärtlichkeit erfüllte.

»Ich weiß nicht, ob ich möchte, dass mein Kind elf Halbgeschwister hat«, warf ich ein. Die Brasilianerin lag auf dem Bauch und streckte ihren spitzen kleinen Jeans-Hintern in die Sonne. Ihr Sohn aß genüsslich einen Sandkuchen.

»Es gibt auch ganz verantwortungslose Typen wie den Immobilienmakler«, ergänzte Bettina und machte eine dramatische Pause, damit ich nachfragte.

»Den Immobilienmakler?«, wiederholte ich erwartungsgemäß.

»Ja, er kann einfach nicht aufhören. Er ist schon verheiratet und hat vier eigene Kinder, aber das reicht ihm nicht – er sieht blendend aus und beglückt die halbe deutsche Damenwelt, muss inzwischen an die sechzig außereheliche Kinder haben. Seine Frau weiß übrigens nichts von seinem Samenspende-Hobby. Stell dir mal vor, wenn er es ihr irgendwann gestehen muss: Schatz, übrigens … ich habe noch sechzig weitere Kinder … ich hoffe, das macht dir nichts … ich weiß nicht, was du hast … warum regst du dich denn so auf?«

Bettina kicherte lange und laut. Dass Mütter einen deftigen kathartischen Humor entwickelten, war mir schon seit Längerem aufgefallen. Ich konnte bloß nicht mitlachen. *Ein* Kind hätte mir für den Anfang gereicht.

»Die Spender tragen in Insiderkreisen Spitznamen, meist nach ihrem Beruf. Da gibt es den Vikar, den Grundschullehrer, den Hauswirtschafter und so weiter. Denn meistens sehen sie ihrem Beruf verblüffend ähnlich – aber das wird bei uns Frauen nicht viel anders sein.«

Wie gesagt, ich konnte nicht mitlachen.

Bettina realisierte, wie ich mich fühlte (ihre Kinder waren auch nicht immer auf Anhieb gekommen, was ich mir stets in ausführlichen Heultelefonaten anhören musste), und hielt inne. Dann sagte sie: »Potsdam.«

Echo. Hallo Echo. Aber bitte, wenn sie das brauchte: »Potsdam?«, echote ich auffordernd.

»Da gibt es so einen Doktor, der hilft euch weiter. Ist nicht ganz billig, aber vielleicht kannst du ja deine Eltern anpumpen? Enkel wollen sie alle, auch wenn du sonst jahrelang der letzte Dreck für sie warst.«

»Was für ein Doktor?« Vielleicht sollte ich doch lieber kinderlos bleiben. All diese schmierigen

Typen, mit denen ich offenbar zu tun haben würde, gingen mir auf die Nerven.

»Oh, Dr. Jäckel betreibt ganz legal eine Kinderwunschpraxis, aber da er gebürtiger Israeli ist, und die sind ungeheuer kinderlieb, gehen ihm die strengen deutschen Besamungsrichtlinien auf den Keks und er verhilft auch schon mal dem einen oder anderem Lesbenpaar zu einem Kind.«

»Gibt das keinen Ärger mit den Behörden?« Unser Gespräch wurde jetzt richtig flüssig, weil sich Max zum Kind der Brasilianerin gesellt hatte, zum gemeinsamen Sandkuchenessen, was Bettina nicht zu bemerken schien oder hinnahm.

»Wer alle möglichen langbärtigen Finsterlinge gewohnt ist, den kann die Bundesärztekammer nur begrenzt schrecken … seine Honorare sind marktüblich. Fahrt da mal hin. Die Praxis hat auch einen Internetaufritt: stern-babys.de.«

Ich überlegte. Warum nicht. Letzter Einwand: »Die Internetdomain klingt nach einer Selbsthilfegruppe für Eltern von Totgeburten oder so …«

»Henrike, die Praxis liegt an einer Straße namens Sternpromenade, daher. Und jetzt gib Ruhe.«

Bettina hatte recht. Die perfekte Lösung gab es vermutlich nicht. Ich würde die Leistungen und Preise von Dr. Jäckel erkunden und mich notfalls auf einen schweren Besuchsweg machen:

zu meiner Mutter in die Provinz, die seit jeher alles unternahm, um meine lesbische Existenz zu torpedieren. Ich brauchte ihr Geld.

Auftritt Freundin

Kann ein Kind zwei Mütter haben? Jein. Wenigstens in den ersten Lebensjahren gehört das Kind stärker zur leiblichen Mutter. Die Biomutter hält die Familie zusammen, weil sie die Familie mit ihrem Kinderwunsch erst schuf; die Co-Mutter ist unterstützendes Beiwerk.

Befreundete heterosexuelle Mütter sagten mir, bezogen auf ihre Männer, übrigens dasselbe: »Es sind meine Kinder. Er ist ein guter Vater, sorgt gut für uns, bringt auch mal die Kinder ins Bett oder holt sie von der Kita ab. Aber am Ende – am Ende sind es meine Kinder, auf Gedeih und Verderb. So ist das nun mal. Ich war es ja auch, die die Kinder wollte, und er hat dann zugestimmt, aber ich wollte sie.«

Ich war also die Familienschöpferin, aber ohne Judiths Zustimmung zu jedem verdammten Detailschritt ging es nicht, wollte ich sie mir nicht vergraulen. Jedenfalls ging ich – nach meinem Gespräch mit Bettina – abends erst einmal in die Badewanne, um danach, eingehüllt in ein frisches Handtuch, im Bett mit Judith zu reden.

»Ich denke, wir gehen zu einer Samenbank«, gab ich Judith den Takt vor. Ich war in Führung gegangen.

»Gut«, antwortete Judith. Das liebe ich an ihr. Wenn sie sich erst einmal für etwas entschieden hatte, vertraut sie meinen Entscheidungen weitgehend.

»Keine Rendezvous mit schmierigen Kerlen. Keine HIV-Gefahr, keine Syphilis, keine Chlamydien, keine Hepatitis C, kein Tripper …«

»Aufhören!«, quiekte Judith. Wenn man sie auf der Straße oder im Redaktionsbüro sieht, denkt man, sie wäre ein Terrier: kompakt, farblos, bissig. Sie sieht offen gestanden häufig aus wie Karlsson vom Dach mit schlechter Laune. Aber im Bett ist sie, rheinisch gesprochen, ein »Pralinsche« und quietscht vor Vergnügen. Dann werden ihre Augen dunkelgrün und verführerisch – wunderschön. Aber weiter im Text.

»Kein Mann, bei dem unvorhergesehen Vatergefühle erwachen oder der plötzlich eigene emotionale Bedürftigkeit entwickelt«, fuhr ich fort. »Und da es in Deutschland nur ›Ja-Spender‹ gibt, wird unser Kind die Identität seines Vaters bei Volljährigkeit erfahren können.«

»Ja«, sagte Judith nachdenklich. »Nicht perfekt, aber vertretbar. Was sagen wir dem Kind, wenn es fragt?«

»Dass es ohne Samenbank nicht existieren würde, Punkt.« Ich blieb nüchtern. »Dass seine Mütter vor seiner Geburt schon zwanzig Jahre lang ein Paar waren und dass es ein erklärtes Wunschkind ist. Dass sein Vater es prinzipiell gewollt hat, auch wenn er nicht wusste, mit welcher Frau er ein Kind zeugt – hätte er nur das Geld gebraucht, hätte er auch Blut spenden können. Dass seine Mütter die Idee scheuten, ein Kind mit einem wildfremden Mann zu zeugen und aufzuziehen, als extreme Pätschwürg-Familie. Reicht das?«

»Ja«, sagte Judith immer noch nachdenklich, aber vergnügt. Dann jedoch wurde sie ganz still.

»Die Kosten«, sagte ich nach einer Weile. Ich kenne doch meine Judith. Dass Geld das Gemüt beruhigt, gilt für sie mehr als für jeden anderen Menschen.

»Ja…«

»1.700 Euro für den Anfang.«

Zum zweiten Mal so ein gedehntes »Ja…«, wie eine Schweizerin.

Jetzt riss mir aber der Geduldsfaden: »Was heißt ›ja…‹? Es ist nicht so viel Geld. Ich habe beschlossen, meine Eltern zu fragen.«

»Aber die hassen uns …«

»Aber nicht, wenn ich ihnen ein Enkelkind in Aussicht stelle.«

»Ich will ihr Geld nicht …«

»Und was machen wir dann?«, schrie ich fast verzweifelt. Erst wollte Judith kein Kind, dann wollte sie nicht das Geld meiner Eltern, das uns zu einem verhelfen könnte.

Pause. »Ich verkaufe mein Motorrad.«

Das war heldenhaft, ihre Honda war Judiths Ein und Alles. Für die Maschine bekam sie mehr als erwartet – es reichte, neben der Kinderwunschbehandlung, für Bahnfahrten, Billig-Hotels und Steaks vor den Zeugungsakten im »Maredo«. »Dein Vater? Oh, dein Vater ist ein Motorrad!«, witzelte Judith später auf die Frage, was sie unserem Sohn erzählen würde, wenn er nach seinem Vater fragte.

Seit diesem Moment waren Judith und ich ein Team und sie war meine loyale, erfindungsreiche Zeugungsassistentin, wenn ich die Nerven verlor.

Anfangs dachten wir, wir könnten die Zeugung zu Hause durchführen. Judith telefonierte mit Bullenzüchtern, bis sie einen Kryobehälter erstand, mit dem sich Sperma bei zweihundert Grad minus kühlen ließ. Dr. Jäckel schickte einen Notarsvertrag, in dem wir unter anderem gelobten, gute Eltern sein zu wollen, ein Spenderprofil, das uns auf Anhieb gut gefiel, und später das gewünschte Sperma. Wir lagerten es auf dem Balkon. Der Kryobehälter sah, wenn man keine Ahnung hatte, aus wie eine dickere Gasflasche für den Campingbedarf.

Ich maß täglich meine Temperatur und dokumentierte, ob sie nun um einen halben oder Viertelgrad gestiegen oder gesunken war. Wir versuchten es – unsere neue Frauenärztin führte zuvor einen Ultraschall durch, um zu sehen, ob auch ein Ei sprungreif war – dreimal. Dreimal bekam ich die Regel. Nichts passierte.

Judith verkloppte den Bullenspermabehälter wieder. Dafür hat sie bis heute meinen Respekt. Ich würde so etwas lieber im Wald vergraben als es auch nur anonym bei eBay einzustellen.

Ich weinte viel. Judith litt, auf Butch-Art, still. Oft würden wir uns diese teure Art der Befruchtung nicht mehr leisten können; vertraglicherseits waren nur fünf Versuche eingeplant, von denen schon drei verstrichen waren.

Schließlich sagte Judith: »Fahr nach Potsdam.«

»Was?«

»Lass dir das Sperma direkt in die Gebärmutter spritzen. Das erhöht die Zeugungswahrscheinlichkeit.«

Womit sie recht hatte. Die Prozedur kannte ich bereits von Frau Dr. Özcan-Meyer. Aufgetaute Spermien sind auch etwas schlapper als frische, so dass man ihnen entgegenkommen sollte. Jedoch musste man das Ejakulat zuvor von Frostschutzmittel befreien, was keine Kinderwunschpraxis in Köln für Lesben wie uns übernehmen wollte. Neger müssen im Bus hinten sitzen.

Dr. Jäckel, der Kinderwunscharzt, den Bettina mir empfohlen hatte, lud mich auf Anfrage zur Behandlung nach Potsdam ein. Ich hatte unwahrscheinliches Glück. Nur wenige Kinderwunschärzte in Deutschland wagen es, der lesbenfeindlichen Bundesärztekammer die Stirn zu bieten. Potsdam war zudem nicht so weit, und wenn ich es nur irgendwie schaffte, kurzfristig für Vertretung auf der Arbeit zu sorgen, untermauert durch entsprechende Kurzurlaubsbegründungen (»Ich muss in eine Spezialklinik«, was ja stimmte), könnte ich durchaus für weitere Zeugungsversuche dorthin fahren.

»Judith, wir fahren nach Potsdam.«

»Ja…«

»Sag nicht immer ›Jaaa…‹!«

»Freu dich doch.«

Das tat ich. Seit Judith Fahrrad statt Motorrad fuhr, hatte sie zudem deutlich abgenommen und sah Jahre jünger aus.

Jäckel & Heid

Ich würde also zur Kinderwunschbehandlung nach Potsdam fahren. Jetzt folgt eine lange Aufzählung meiner Reisen zu Dr. Jäckel, der immer nett war, aber nicht immer da, und zu seiner grauenvollen Vertretung, Frau Dr. Heid.

In jedem Fall bestand der Höhepunkt meiner Reise darin, dass ich mit gespreizten Beinen auf einem gynäkologischen Stuhl lag und mir jemand den Gebärmutterhals mit einer Klammer öffnete, um den Spendersamen hineinzuspritzen. War es Dr. Jäckel, vermochte er diese ebenso schmerzhafte wie schamvolle Situation mit einem Witz aufzulockern. Landete ich bei Frau Dr. Heid, musste ich oft an meinen Tränen kauen, so grob war sie zu mir, warum auch immer. »Nimm hin, du Schlampe«, schien sie zu sagen, wenn sie den Kolben abdrückte.

Die Praxis Jäckel & Heid lag an einem dieser brandenburgischen Seen zwischen dem Wannsee und Potsdam. Am besten erreichte man sie über eine Fähre. Ich hatte bei der Überfahrt immer das Gefühl, einen Abstecher über den Styx zu machen, aus dem kinderlosen Totenreich ins Reich der Lebenden, wo Sperma fließt wie Milch und Honig. Ruppige Berliner Arzthelferinnen würden zu mir sagen: »Also, ick hab nüscht dajegen, ist doch scheen, Kinder, wa, und nu Beene hoch«.

Die Fähre legte an, der schwule Steward löste die rotweiße Kette und ich entschwebte über die vom Blätterdach sanft marmorierten Straßen.

Zweimal um die Ecke – in den großzügigen Berliner Alleen eine Sache von zwanzig Minuten – und ich war da. Ich klingelte, mir wurde aufgedrückt. Dann saß ich mit bedrückten Heteropaaren und anderen einzelnen Frauen im Wartezimmer. Damit wir dort, während die Viertelstunden qualvoll verstrichen, nicht Selbstmord begingen, waren die Wände in erdigen Goldtönen gehalten, irgendwie mediterran. In einem Bassin umspielten einander zwei Kois, wie ein Muster ehelicher Verbundenheit. Wir glotzten sie an, das entspannte. Nach einer halben Stunde begann man, selbst einen Fischmund zu machen. Blubb. Hauptsache, die Wassertemperatur stimmte. Blubb.

»Frau Lang?«

Ich stand auf und folgte der lang ausschreitenden Arzthelferin. »Wer behandelt mich heute?«, wagte ich zu fragen, »Dr. Jäckel oder Dr. Heid?«

Sie blickte über die Schulter und sagte, kurz angebunden: »Dr. Heid.« Pech gehabt. Dann stieß sie die Tür auf, bat mich, hinter dem Vorhang meinen Unterleib zu entkleiden, und ging. Mit einem ockerfarbenen Handtuch um die Hüften wartete ich dann auf einem Hocker. Schließlich kam Dr. Anja Heid, mittelgroß, dunkelblond, Ende vierzig und unauffällig. Beiläufig zerquetschte sie mir die Hand und kam zur Sache: dem Ultraschalldildo. »Na, dann wollen wir mal sehen, wie weit Ihre Eizelle diesmal ist.«

Allein das: »Diesmal«. War es denn nötig, mich daran zu erinnern, dass ich schon sechs vergebliche, psychisch qualvolle und finanziell ruinöse Befruchtungsversuche hinter mir hatte? Hätte sie nicht sagen können »wie weit Ihre Eizelle *heute* ist?«

Auf dem Ultraschalldildo vergaß sie das Gleitgel, was mich beim Eindringen schmerzhaft überraschte. Ein Fegefeuer, eine Qual, die ich verdient hatte, der rabiate Deckel auf meinen Topf voller Schmerzen. Schmerz betäubt Schmerz, das ist schon okay. Warum wollte eine alte, offensichtlich nicht sehr wohlhabende Lesbe wie ich noch ein Kind? Welch eine Vermessenheit. Autsch.

Benommen sah ich zu, wie Frau Dr. Heid den Ultraschalldildo durch meine Vagina rührte. »Ja, können wir machen«, sagte sie schließlich, während sie die Brille affektiert über die Nase rutschen ließ. »Sind aber drei.«

»Was?«, fragte ich. Befruchtung macht mich immer total blöd vor Aufregung, ähnlich wie das Einchecken im Flughafen, wenn man genau weiß, dass man es sich nicht leisten kann, den

Überseeflug zu verpassen und einen neuen zu buchen. Ich kann dann froh sein, noch auf meinen Namen zu reagieren.

»Drei Eizellen.«

»Ja, ich habe Clomifen genommen. Und?«

»Sie sind ungefähr gleich groß. So könnten Mehrlinge entstehen.«

»Oder auch nicht. Ich möchte die Behandlung.«

Wieder dieses oberlehrerinnenhafte Hantieren mit der Brille auf ihrer Nase, Schweigen, dann schließlich, unter Stirnrunzeln: »Gut.«

Ich hasse Belehrungen. Es ist, als würde man Frauen immer noch nicht zutrauen, ein eigenes Konto zu führen oder selbst den Ehepartner zu wählen. Zwei Frauen allein, ohne männliche Führung – geht nicht. Subtile Bevormundung allerorten. »Meinen Sie das denn auch wirklich? Möchten Sie tatsächlich ein Kind? Würden Sie auch drei nehmen?« – »Ja, du Arschloch. Du weißt auch nicht mehr als ich, du bist genauso dem Schicksal ausgeliefert und jetzt geh mir aus der Sonne.«

Jetzt kam die Brille-an-den-Bügeln-nehmen-und-zwischen-den-Fingern-zwirbeln-Nummer. »Gut, dann gibt Ihnen meine Mitarbeiterin jetzt die eisprungauslösende Spritze mit. Die Insemination ist am Montag um 10 Uhr, Sie geben sich die Spritze dann Samstagnacht um ein Uhr.«

»Alles klar«, bestätigte ich, unruhig auf dem

Stuhl hin und her rutschend, auf dem ich noch immer mit blankem Hintern saß. Es lag mir fern, meine Energien auf das Nachdenken über Frau Dr. Heid zu verschwenden, aber manchmal tat ich es doch: Hasste sie mich? Nein, zu viel der Ehre. War es ihr unangenehm, dass ich lesbisch war, hielt sie mich für eine zwar zahlende, aber keineswegs wünschenswerte Patientin? Vielleicht.

Einmal hatte sie mir die eisprungauslösende Spritze gegeben und ein fettes Hämatom verpasst, weil sie vergessen hatte, die Luft aus dem Kolben zu klopfen. Bei einem solchen Hämatom wäre jede Hete weg, es gab Fruchtbarkeitspraxen genug in Berlin, man war nicht auf Jäckel & Heid angewiesen wie ich.

Dr. Heid schaute mich forschend-mütterlich an, als sei ich die Aktion Sorgenkind in Person, Marke »Mein behindertes Kind liebe ich besonders«.

Im Nachhinein denke ich, sie war einfach ein bisschen lahm und wichtigtuerisch, unbeholfen. Zum Abschied brach sie mir noch einmal die Fingerknöchel. »Unter Schmerzen sollst du deine Kinder gebären«, durchzuckte es mich.

Zurück in meinem Hotel, einem alten Gründerzeitkasten in Schöneberg, deponierte ich zunächst die eisprungauslösende Spritze im Kühlschrank der Rezeption. Dann legte ich mich ins Bett und zog die Decke über den Kopf. Dann las ich ungefähr dreimal denselben Artikel in der »Brigitte«, einem Verzweiflungskauf am Bahnhof Zoo, bis ich aufgab. Ich duschte. Ich ging in den Zoo. Dann aß ich ein Steak bei »Maredo«. Wenn ich mich befruchten lasse, esse ich immer Steak, weil ich glaube, ich hätte mir diesen Luxus verdient, und das habe ich ja auch tatsächlich. Befruchtung außerhalb eines Lotterbetts ist Schwerarbeit. Außerdem enthält Steak Eisen und Zink. Eizellen lieben Eisen und Zink und ich gebe ihnen alles, was sie möchten.

Am nächsten Tag ging ich in ein Museum. Dann aß ich mittags wieder Steak. Nachmittags ging ich in eine Ausstellung. Abends ein Falafel am Nollendorfplatz und dann ins Bett, die Decke über den Kopf. Eine SMS von Judith: »Wie läuft's?« Unmöglich, ihr das Grauen zu beschreiben, die Erniedrigung am eigenen Leib: das einzige Huhn zu sein, das kein Ei legt. Am liebsten hätte ich mich betrunken. Stattdessen trank ich Bio-Karottensaft und aß getrocknete Aprikosen (»mit viel Vitamin A«). Lustlos blätterte ich in einer Stefan-Zweig-Biografie. Zweig war als Mensch so unsympathisch. Gegen zehn Uhr sackte ich weg.

Der Wecker klingelte um halb eins. Ich stieg in meine Hose und zog ein Sweatshirt über. Dann wankte ich hinunter zur Rezeption. Für den Portier muss ich kein schöner Anblick gewesen sein, erschöpft und unglücklich, wie ich war

– eine dicke Lesbe Ende dreißig. Ich erhielt mein Medikament, verpackt in eine kleine Plastiktüte mit Apothekenlogo.

Zurück im Zimmer war Konzentration gefragt: Ich musste zunächst eine kleine Ampulle köpfen, dann mit einer langen Spritze eine Flüssigkeit aufziehen, sie in ein Fläschchen spritzen und umrühren. Anschließend sollte ich das Gemisch mit einer kurzen Kanüle aufziehen, gegen den Kolben klopfen, damit keine Bläschen entstanden, und mir das Ganze in eine Bauchfalte spritzen. Um ein Uhr nachts! Ich schaffte es, und zwar mit Bravour, als würde ich täglich spritzen. Nach zehn Minuten lag ich wieder im Bett und schlief.

Am Montag fuhr ich mit der S1 hinaus zum Wannsee. Zehlendorf – Schlachtensee – Nikolassee. Wer würde mich heute erwarten, Dr. Jäckel oder Dr. Heid? Mit düsteren Vorahnungen saß ich diesmal im schlammgolden getünchten Wartezimmer: Dr. Heid wäre auch in der Lage, mir Zuckerwasser statt aufbereitetem Sperma in die Gebärmutter zu spritzen, nach dem Motto »Sie weiß ja gar nicht, was sie will, also schütze ich sie auf eigene Faust«. Oder bewegungsfaules Sperma, Handelsklasse II, von alten hässlichen Männern mit grässlichen Berufen – nicht das des blonden schlanken Literaturstudenten, für den Judith und ich uns entschieden hatten. Nach dem Motto »Es gibt so viele heterosexuelle Paare, die wirklich ein Kind verdienen, da vergeude ich den hübschen Literaturstudenten doch nicht an Lesben.«

Ich traute Dr. Heid alles zu. Vielleicht zu Unrecht, aber Befruchtungswillige sind extrem sensibel und die Schwingungen, die ich von dieser Ärztin erhielt, waren nicht freundlich. Zumindest würde sie mir wieder gewaltsam den Muttermund aufsperren, wie den Schnabel einer Stopfgans, und mir schossen schon jetzt die Tränen in die Augen.

Eine Stunde saß ich im Wartezimmer und grübelte. Unterdessen wurde das Frostschutzmittel aus der Samenprobe befördert, ebenso wie tote und schlaffe Spermien. Dann brachte mich eine Arzthelferin ins Behandlungszimmer. Ich zog Hose und Unterhose aus, wickelte ein ockernes Handtuch um meine Hüften und setzte mich. Weitere zehn Minuten vergingen.

Es klopfte und herein kam … Dr. Jäckel. Ich versuchte zu lächeln. Dr. Jäckel war ein charmanter Mann mit dunklem, kurz geschnittenem lockigen Haar. Sicher war ich nicht die einzige Patientin, die sich wünschte, er selbst hätte das Samenpröbchen gefüllt. Er war, wie immer, in Eile und fackelte nicht lange. Die Klammer im Muttermund – autsch, aber kein Problem. Eine Assistentin reichte ihm die aufbereitete Samenprobe. »Gute Reise«, schnarrte er, als er abdrückte. Dann verabschiedete er sich.

Ich zog mich wieder an. Draußen, auf der Fähre genoss ich das selige Gefühl von Hoffnung – das Sperma eines Mannes war zur richtigen Zeit in mir, ich *könnte* also schwanger sein. Hoffnung ist das beste Rauschmittel, das es gibt, Hoffnung auf einen radikalen Neubeginn. Außerdem fand ich es als herrlich pikant, den Samen eines wildfremden Mannes in mir zu tragen und keiner der umstehenden Passagiere wusste es (als ob es sie aufregen würde): »Ihr habt ja keine Ahnung, was ich eben getan habe! Es ist so cool!«.

Die Heimfahrt nach Köln verlief unspektakulär. Ich hatte einen Sitzplatz reserviert und schlief die meiste Zeit. Zu Hause angekommen, legte ich mich einfach wieder ins Bett. Niemand wartete auf mich, Judith war vor mir in den Kosovo geflüchtet. Wie schlimm muss man sein, damit sich die Partnerin in den Kosovo flüchtet? Sie arbeitete dort inzwischen als Bundeswehrärztin. Das brachte uns Geld und schaffte wohltuende Distanz. Aber ich war auch sehr einsam.

Ich schlief meinen Frust weg. In den kommenden vierzehn Tagen steckte ich mir abends brav meine Progesteron-Pillen in die Scheide, ging meiner Arbeit nach und schlief. Progesteron macht müde. Mein Schlafbedürfnis war extrem. So konnte es nicht mehr lange weitergehen.

Der Test

Es war November, der erste November, Allerheiligen. Ein Feiertag im katholischen Rheinland. Hätte ich Gräber hier gehabt, ich hätte sie besucht, doch so blieb mir nur ein weiterer trübseliger Tag alleine und ohne Hoffnung. Hoffnung, dass der Schwangerschaftstest diesmal positiv ausfiele, hatte ich nicht. Warum sollte ich diesmal Glück haben? Fünfmal war ich schon nach Berlin gefahren und fünfmal saß ich hinterher heulend auf dem Klo, den Blutfäden der Periode nachsehend, wie sie in der Spülung verschwanden.

Ich begann, mich an meine Kinderlosigkeit zu gewöhnen. Zwei Versuche hatte ich noch, dann würde ich aufgeben, das stand fest. Zumindest hatten wir das nötige Geld, weil Judith uns im Kosovo ein zweites Gehalt bescherte.

Judith ist eine wunderbare Ärztin, aber ein unruhiger Geist und in einer niedergelassenen Praxis undenkbar. Im Krankenhaus fing sie an zu saufen. Eine Zeitlang verfasste sie Gutachten über Trunkenbolde am Steuer für irgendein städtisches Amt, aber auch das langweilte sie maßlos, und so begann sie wieder auf dem Sofa zu hocken, mir aus der FAZ vorzulesen und mich zu nerven – bis ich sie schließlich zwang, sich eine neue Stelle zu suchen.

Inständig hoffte ich, dass sie im Kosovo keinen Lagerkoller bekäme, sondern das vereinbarte Jahr durchhielte. Allem Anschein nach ging es ihr auf dem Balkan gut, ich hörte nur lustige Geschichten und begann mich widerwillig an den Gedanken zu gewöhnen, die Ehefrau einer Militärärztin zu sein.

Alleine auszugehen, machte mir keinen Spaß. Wenn Judith wiederkäme, würden wir viel reisen, redete ich mir ein. Double income, no kids – wir würden es krachen lassen. Safari in Afrika, mit dem Motorrad durch Australien, Thailand, Bali, you name it.

Die Reisen im Kopf machten mich nicht glücklich. Ich zog mir die Decke vom Kopf und blinzelte in den nebeligen Morgen. Ich stand auf, frühstückte im Stehen und duschte. Ich zog mich bewusst gewählt an, nach dem Motto »Nur nicht gehen lassen«. Ich las. Ich war traurig. Ich wollte ein Kind. Ich wollte Judith. Ich legte das Buch wieder weg. Ich ging spazieren. Es war nass und kalt, das Wetter drang bis in die Knochen und in die Seele. Allerseelen. Ich dachte an meine toten Freunde und an meine sterbende Mutter.

Der Park beruhigte mich, die Natur besänftigte mich. Die Bäume, die vor ein paar Jahren noch Setzlinge gewesen waren, grünten und wuchsen. Wildkaninchen sausten ungeniert neben meinen Knöcheln her.

Heute würde ich nicht kochen, beschloss ich. Ich würde essen gehen. Das Gehen an der frischen Luft machte mich hungrig. Aber wo, was? Langsam schlenderte ich ins Belgische Viertel, wo ein Restaurant am nächsten lag. Ein Steak? Du bist nicht reich, erinnerte ich mich. Spontane Steaks im Restaurant sind etwas für Reiche und Eisprung hast du gerade auch nicht. Da kam ein indisches Restaurant. Mir fiel ein, dass mich der kleine braune Cousin des Besitzers einmal angebaggert hatte, weil er dringend eine Scheinehefrau brauchte, und ging vorüber. Die meisten Restaurants hatten noch zu, stellte ich irgendwann fest. Sie würden erst am Nachmittag oder Abend öffnen.

Da unternahm ich einmal einen bescheidenen Versuch, mich zu amüsieren, und die Restaurants waren geschlossen. Wieder überflutete mich Bitterkeit. Nur noch meine Nase ragte heraus aus diesem Meer der Bitterkeit und erlaubte mir, weiter zu atmen und weiter zu gehen. Ich trug die Nase hoch. Passanten hätten mich wohl eher für hochnäsig als für deprimiert gehalten. Vermutlich war ich beides. Ich hatte Besseres im Leben verdient als das alles hier, das fühlte ich genau.

Ach ja, der Thai-Imbiss am Ende der Brüsseler Straße. Billig und gesund, asiatische Küche. Schlagartig hellte sich meine Laune ein bisschen auf. Ich hatte noch nie thailändisch gegessen.

Meine Kollegen aßen ständig thailändisch oder fuhren sogar in den Ferien nach Thailand, aber sie hatten auch keine missmutige, überintelligente, gescheiterte Ärztin zu Hause sitzen, die es in keinem Job hielt. Jetzt aß ich also das erste Mal thailändisch, ein grünes Curry mit Huhn. Es war nichts Besonderes, aber dass ich hier aß, erfüllte mich mit großer Genugtuung. Abgehakt! Auch ich kannte jetzt thailändisches Essen. So.

Meditativ kaute ich Bissen um Bissen. Ich glaube, die Besitzerin dachte, es schmeckte mir nicht, denn sie schaute von Zeit zu Zeit besorgt zu mir hinüber. Ich nickte ihr zu, so fröhlich, wie es mir möglich war. Lecker. Thai. Bestellte noch einen Chai-Tee (kam der nicht aus Indien? Egal.).

Regen lief von den Scheiben. Das Wetter war grauenvoll. Ich beschloss, die Sache hinter mich zu bringen und einen Schwangerschaftstest zu machen, wenn ich nach Hause kam.

Keine falschen Hoffnungen mehr, endlich Klarheit.

Als ich wieder zu Hause war, legte ich mich erst einmal hin und schlief. Zum Glück hatte ich gerade die Art Depression, die schläfrig macht und nicht schlaflos. Es war 16 Uhr, als ich schließlich auf den Teststreifen pinkelte. Dann legte ich ihn stoisch auf die Spiegelablage und ging erst einmal Töpfe spülen. Möglichst leger sein. Ich hasste diese

Leider-nicht-gewonnen-Momente. Gott schien gleichgültig zu sein.

Nach zehn Minuten kehrte ich zurück und hob den Teststreifen hoch, um ihn nach einem kurzen Blick in den Mülleimer zu befördern. So lautete jedenfalls der Plan. Doch das Kreuzchen im Sichtfenster war unübersehbar. Ich war verwirrt. Nach weiteren zehn Minuten auf dem Badezimmerrand rief ich schließlich Kristin an. Sie lachte dreckig. Ich sagte, ich würde jetzt losgehen und mir im Drogeriemarkt am Bahnhof einen weiteren Schwangerschaftstest besorgen. »Mach das«, kicherte Kristin, »und dann ruf mich an.«

Der Schwangerschaftstest am Bahnhof war Bückware. Die Dinger wurden offenbar so oft geklaut, dass man sie nur noch an der Kasse erhielt. Die Kassiererin lächelte aufmunternd. Ich kaufte mir eine kleine Flasche Wasser und trank sie, um bald wieder pinkeln zu können.

Auch dieser Test war positiv. Ich legte die beiden Tests nebeneinander auf meinen Schoß und starrte sie an. Wie eine gezündete Rakete fühlte ich mich. Wohin würde meine Reise gehen?

Dann schrieb ich Judith eine E-Mail:

»Schwangerschaftstest positiv. Gehe morgen zur Frauenärztin für endgültige Sicherheit. Henrike« Mehr fiel mir nicht ein.

Sie schrieb nach einer halben Stunde zurück:

»Oh Mann, kille gerade eine Flasche Rotwein, fühle mich wie auf Watte. Ich rufe dich morgen Abend kurz an. In Liebe, Judith«.

Ja, so begann das.

Babyphone
oder Schwangerschaft, Version 1

Als ich schwanger war, blieb ich viel zu Hause. Denn mir war häufig übel und ich war froh, als dieses Von-Tag-zu-Tag-Hangeln endlich in den regulären Mutterschutz überging, sechs Wochen vor dem errechneten Geburtstermin. Die meiste Zeit saß ich auf dem Sofa vor dem Balkon, die geschwollenen Füße hochgelegt, und starrte hinaus.

Dieses glückliche Schwangerschaftsphlegma ist schwer zu beschreiben. Man ist dumm wie Brot, man schafft kaum etwas, aber das macht auch nichts, denn man hat eine sehr gute Entschuldigung: den riesigen, prall gespannten Bauch, in dem sich schon das Kind regt. Bis zur Geburt – als sie es dann ins Licht zogen und es unüberhörbar schrie – konnte ich mir übrigens nicht vorstellen, dass tatsächlich ein Kind in mir wohnte. Es ist so irreal.

Ich aß Käse, Berge von Käse. Eine gute Freundin brachte mir einmal in der Woche ein Kilo Käse vom Hauptbahnhof mit, je ein Pfund mittelalten Gouda und ein Pfund Klosterkäse. Das schnitzte ich mir dann in kleine Pfeiler und mümmelte sie weg. Etwas anderes als Käse mochte ich faktisch nicht. Von Fleisch wurde mir schlecht. Schon ein Hauch von Schinkenaroma in den Tortelloni brachte mich zum Kotzen. Manchmal kotzte ich bis zu fünf Mal am Tag, sogar Mineralwasser. Sobald ich mir den Mund abgewischt hatte, aß ich wieder ein Stück Käse. Im Laufe meiner Schwangerschaft nahm ich so zehn Kilo zu. Als mich meine Hebamme darauf ansprach, feuerte ich sie.

Manchmal rief Judith aus dem Kosovo an. Wir hatten uns nicht viel zu erzählen, da unsere Leben sich so extrem unterschieden. Es war nett von ihr, dass sie sich um mich sorgte, aber ihre Anrufe und E-Mails, mindestens zwei pro Tag, nervten mich mehr, als dass sie mir halfen. Sollte sie doch gefälligst vor Ort sein, statt mir solche virtuellen Surrogate anzubieten. Ich vermisste sie, aber wenn ich es mir eingestanden hätte, hätte mir die Sehnsucht zu wehgetan. Also leugnete ich und behauptete trotzig, ich käme sehr gut alleine zurecht.

Manchmal fuhr ich mit Antonella zum Aldi. Antonella wohnte unter uns, hatte einen dreijährigen Sohn und war sehr nett. Sie und ihr Mann besaßen einen alten klapprigen VW Polo und hatten mir angeboten, mich zu größeren Einkäufen mitzunehmen, weil ich es inzwischen mit meinem dicken Bauch auf dem Rad kaum noch schaffte, ohne die Unversehrtheit der Fruchtblase zu riskieren. Antonella lud dann auf meine Anweisung hin Berge von Dosentomaten, Taschentüchern und Küchenpapier (der hohe Östrogenspiegel lässt die Schleimhäute anschwellen, so dass man sich ständig schnäuzen und ausspucken muss) in den Einkaufswagen. Einige Obstsorten bekam ich auch herunter, Heidelbeeren zum Beispiel. Dass sie aus Chile stammten und vermutlich von pestizidgeschädigten Kindersklaven gepflückt wurden, war mir egal. Ich brauchte sie, in rauen Mengen. Und Boskoop-Äpfel.

Antonella war ein Schatz. Sie manövrierte den voll beladenen riesigen Aldi-Einkaufswagen durch den Laden, während ich, möglichst unauffällig in ein Tempo rotzend, neben ihr her watschelte und Flüche murmelte. Man fühlt sich so elend, als hätte man Grippe, so heruntergefahren ist das Immunsystem, um den Fötus nicht abzustoßen. Ich bezahlte mit der EC-Karte (Bargeld hatte ich schon lange nicht mehr abgehoben, zu kompliziert).

»76,90 Euro bitte. Zahlen Sie bar oder mit Karte?«

»Krrrch.« Ich kämpfte mal wieder mit Schleim im Rachen.

»Wie bitte? Karte?«

»Krrch.« Ich streckte meine Karte nach vorne.

Die Kassiererin sah auf meinen Bauch, lächelte und schob sie in den Leseschlitz. Auf dem Parkplatz wuchtete Antonella die Dosenkartons und alles Übrige in den Kofferraum und trug mir nachher auch alles in die Wohnung. Gerettet.

Die Schweinegrippe konnte kommen, ich hatte Tomatensoße und Äpfel für Monate. Ich verabschiedete mich so herzlich, wie es mir möglich war, von Antonella, mit der Versicherung, ihr die gute Tat tausendfach heimzuzahlen.

Eines Tages konnte ich mich tatsächlich revanchieren. Antonella rief an und fragte mich, ob ich ihren Sohn, Marco, abends hüten könne; sie und ihr Mann wollten in ein Konzert.

»Krrch.« Ich spuckte ins Taschentuch. »Entschuldige. Ja, das geht.«

»Du kannst einfach oben in deiner Wohnung bleiben und ich bringe dir das Babyphone. Dann musst du nur runtergehen, falls Marco schreit.«

»Ja klar, klasse. Bring mir das Gerät.« Zwei Minuten später stand Antonella, ziemlich scharf in einem schwarzen knielangen Abendkleid, mit rotem Lippenstift und aufgetufften Haaren, vor meiner Wohnungstür, eine Art rosa Spieltelefon mit Stummelantenne in der Hand. »Muss ich irgendetwas beachten bei dem Gerät?«, fragte ich reizbar. Schon die simpelsten Gebrauchsanweisungen überforderten mich gerade.

»Nö. Einfach runtergehen, falls er schreit, und mich anrufen. Das ist alles. Ach ja, hier ist noch der Schlüssel.«

Wir verabschiedeten uns. Ich ließ mich wieder aufs Sofa fallen, schaltete den Fernseher an und aß etwas Käse. Als ich müde wurde, blieb ich einfach auf dem Sofa liegen, da ich wusste, dass ich nie wieder aufstehen könnte, sobald ich erst einmal im Bett lag, Schreiarien im Babyphone hin oder her.

Es blieb leise. Ich schlief wohlig, ein Auge halb offen. Irgendwann fuhr ich plötzlich hoch, als das Babyphone zu knacken begann. Es war aber nicht Marco, sondern seine Eltern, die heimgekehrt waren. Erleichtert wollte ich das Gerät ausstellen, fand den entsprechenden Knopf aber nicht. Es hatte einfach zu viele Knöpfe. Also wuchtete ich mich erst einmal in die Senkrechte, machte die Wohnzimmerlampe an und tastete nach meiner Brille. Das Babyphone sendete Knacken und leises Gelächter. Mit der Brille auf der Nase untersuchte ich das Gerät erneut und drückte schließlich probeweise einen Knopf. Es würde schon nicht explodieren.

Etwas anderes explodierte, die Lautstärke. Plötzlich schrie Antonella durch den Raum: »Ich finde sie scharf. Die Frau ist total scharf.« O la la, Antonella mit bisexuellen Fantasien? Denn dass sie ihren Jochen, einen aschblonden ehrgeizigen Assistenzarzt, liebte, war unübersehbar. Mit schlechtem Gewissen lauschte ich weiter. »Nelly, sie ist fast eins neunzig, breit wie ein wandelndes Federbett und total verrückt. Das weißt du doch. Hochschwanger sieht sie aus wie ein Globus mit

Fieber. Und dieses ewige Rotzen…« Verdammt, das klang nach mir. So viele schwangere, ungewöhnlich große Frauen gab es im Viertel nicht. Getroffen sank ich zurück in die Kissen. »Also, ICH finde sie total sexy. Sie ist NETT. Sie ist gar nicht so verrückt, wie wir dachten. Ich fahre ja öfters mit ihr einkaufen.« Guter, mutiger Geschmack, Mädchen, dachte ich und erholte mich allmählich von Jochens Kränkungen.

Jochen ging zum zärtlichen Angriff über. »So, was würdest Du denn mit ihr machen, wenn du könntest, du Schlimme, du?« Hihihihi, fummelfummel, reißender Stoff, abplatzende Knöpfe und dann fand ich Gott sei Dank den Aus-Knopf am Babyphone. Verbale Liebkosungen im Rausch des Aktes fand ich, meine eigenen eingeschlossen, immer geschmacklos. Luder, Hengst und so. Ich genoss die Stille. Dann schleppte ich mich ins Bett und schlief, ohne mich umzuziehen, sofort ein.

In der Nacht kam ich. Während der Schwangerschaft führt die Klitoris fast ein Eigenleben, so gut durchblutet sind die Schleimhäute der Vulva. Man muss eigentlich nur »Puh!« sagen, schon kommt man. Meinen Vibrator konnte ich während dieser Zeit einmotten. Mit dem Orgasmus wachte ich auf, dachte an Antonella in ihrem schwarzen Abendkleid, sagte »Puh!« und kam erneut. Puh,

puh, puh – kommen, kommen, kommen. Irgendwie hatte ich Spannung abzubauen, jedenfalls hielt mich dieses Spiel die halbe Nacht beschäftigt, bis ich endlich wieder in einen leichten Schlaf fiel.

Als ich mich – inzwischen war es mittags – geduscht und angezogen hatte, brachte ich Antonella das Babyphone zurück, um von dem Lauschapparat nicht weiter in Versuchung geführt zu werden.

So kam ich zu meiner zweiten Schwangerschafts-Obsession: an Antonella im schwarzen Abendkleid denken und Puh-Sagen. Man konnte es eigentlich niemandem erzählen, so primitiv war es. Ich habe es noch nicht mal Judith erzählt, als sie Weihnachten nach Hause kam. Puh-Sagen war wie ein Anker im Meer der Zeit und Übelkeit, sozusagen eine feste Gewohnheit. David muss auf diese Weise viele Glückshormone mitbekommen haben. Ich war jedenfalls wesentlich entspannter als vor diesem Abend. Wenn mich Antonella zum Aldi fuhr, kam ich auch nie in Verlegenheit, denn als reale Liebhaberin interessierte sie mich nicht.

»Danke«, sagte ich zu ihr, als sie die Einkäufe in meine Wohnung geschleppt und in den Schränken verstaut hatte. »Herzlichen Dank.« Als Judith im Frühjahr ein paar Tage Urlaub hatte, war meine Übelkeit vorüber und meine Klitoris so östrogengeschwollen, dass ich schon beim Fahrradfahren Orgasmen befürchten musste.

Wir haben so viel Sex gehabt wie seit Jahren nicht mehr, es war sehr lustig.

Schwangerschaft II

Das ist ja nur die halbe Geschichte«, rief Judith aus, als sie das letzte Kapitel las. »Es war viel schlimmer!« Das stimmt. Nicht dass Sie jetzt denken, ich hätte monatelang nur masturbatorische Orgien gefeiert, nein. Ich habe die bizarren Seiten meiner Schwangerschaft einfach verdrängt, doch Judith, die kurz vor der Geburt Heimaturlaub hatte, erinnerte sich genau.

»Du hast geschnarcht wie ein Trecker. Nicht mal die Ohrenstopfen aus Silikon, die mich vor den Geräuschen des Kosovo schützten, halfen. Du hast geschnarcht, geschnalzt und geschmatzt wie ein Riese, der ein ganzes Dorf gefressen hat.«

Was heißt, dass Judith mich aufrichtig liebte. Sie hätte auch auf dem Sofa übernachten können.

»Und dann diese Schleimbeutel! Jeden Ferienmorgen habe ich einen schweren Plastikbeutel mit vollgerotzten Taschentüchern von deinem Bett entfernt. Am schlimmsten war es, als du noch gekotzt hast … da hast du es oft nicht mehr bis zum Klo geschafft und dir einfach eine umgekrempelte Aldi-Tüte neben das Bett gestellt. Hinterher warst du oft zu matt, um sie zu entsorgen. Pfui Teufel.«

Die Schleimbeutel sind für Judith ein wichtiges Argument gegen ein zweites Kind. Sie sagt, sie packe das nicht noch einmal. Die Geräusche, die Gerüche …

»Deine Verdauung!« Zartbesaitete sollten jetzt nicht weiterlesen. »Als du mit der Haribo-Phase durch warst, bist du auf Obst, Gemüse und Vollkorn umgestiegen. Ständig verstopfte das Klo, weil deine Verdauung auf Hochtouren lief. Zu Hause ging das ja noch, man nahm einfach einen Bömpel und gut war's. Aber weißt du noch, als die Sekretärin in eurer Firma aufgeregt den Klempner rief, weil es dort keinen Bömpel gab und du Angst hattest, dir beim Freistochern des Klos mit dem Unterarm Gelbsucht zu holen?«

»Es war mir buchstäblich scheißegal.« Ich kicherte. »Selbst schuld, wer keinen Bömpel hat. Ich bin einfach rausgegangen und an meinen Arbeitsplatz zurückgekehrt. Ich meine, was macht man in solchen Fällen? Ich kann doch nicht zur Sekretärin gehen und Selbstanzeige erstatten, ›Entschuldige bitte, ich habe eben das Klo so vollgeschissen, dass es verstopft ist. Könnte sich jemand darum kümmern?‹ Nee, da endet die protestantische Selbstanzeige.«

»Deine Fußballshorts.« Judith schwieg erschüttert. »Du hast in den letzten Wochen der Schwangerschaft – im Hochsommer – nur noch ein weißes Schwangerschafts-T-Shirt getragen, dass sich über deinen gewaltigen Kugelbauch spannte, schwarze Fußballshorts von Adidas und Birkenstocks. Du sahst aus wie ein Prolo, hast im Straßencafé ja auch ungeniert neben dich aufs Pflaster gespuckt. Du sahst aus wie jemand, dem alles egal ist, der auch einen Mord begehen würde, wenn man ihn falsch von der Seite anspricht. Phlegmatisch und aggressiv zugleich.«

»Das ist geblieben«, musste ich einräumen. »Mutterschaft macht reizbar, denk an weibliche Wildschweine.«

»Bei der Europameisterschaft 2008 hast du fast jedes Spiel gesehen, hat mir Antonella erzählt.«

»Bis auf Ukraine gegen Elfenbeinküste«, warf ich stolz ein.

»Genau. Das war auch die Zeit, in der du dir abgewöhnt hast, Artikel und Präpositionen zu benutzen, und das als Schriftstellerin. Plötzlich hieß es nur noch ›Gib mir Handy‹ und ›Ich muss Bank‹.«

»Sei froh, dass ich nicht gegrunzt habe. Fällt dir noch etwas zur Schwangerschaft ein, oder soll ich das Kapitel jetzt abschließen?«

»Moment ...« Judith überlegte. »Zucker.«

Ich hatte einen Schwangerschaftsdiabetes gehabt, den man im Ultraschall feststellte, weil David ungewöhnlich stark wuchs.

»Ich werde nie vergessen, wie der Sicherheitsdienst in der Zentralbibliothek die Tür eintrat, weil er dachte, du wärst ein Junkie …« Am nahen Neumarkt sind, trotz Razzien, immer noch viele Junkies.

»Ich hätte die Spritze nicht schon im Vorraum aufziehen sollen, wo diese Bibliothekstussi, die sich gerade die Hände abtrocknete, mich sah …« Weil die Toiletten in der Zentralbibliothek in ultraviolettes Licht getaucht sind, sah das sicher gespenstisch aus: Eine Art weiblicher Rübezahl mit riesigem Bauch und wirrem Haar zieht sich ungeniert eine Spritze auf. »Aber im Klo wollte ich nicht. Es kam mir irgendwie … unrein vor.«

»Jedenfalls wartete ich noch vor der Tür, als zwei Mann vom Sicherheitsdienst an mir vorbei in die Toilette stürmten, ich natürlich gleich hinterher. Warum hast du nicht die Tür aufgemacht, als sie dich dazu aufforderten? «

»Wo sind wir denn hier, in Russland oder im Iran? Ich werde wohl in Ruhe pinkeln dürfen! Die Spritze selbst ging schnell, aber dann musste ich noch pinkeln und da hämmerten sie gerade gegen die Tür.«

»Du hättest ›Moment mal‹ oder so sagen können.«

»Warum? Ich fand ihr Verhalten flegelhaft.«

»Dann hast du sie aus voller Lunge angebrüllt, als sie die Tür eintraten, so dass sie erst einmal zurückwichen.«

»Na, zu Recht. Gott sei Dank bist du ruhig geblieben«, bei Judith nicht selbstverständlich, »und hast die Sache geklärt, sonst hätten die mich noch wegen Störung des Hausfriedens verhaftet, so wütend war ich.« Wir kicherten. Ich kuschelte mich eng an Judith.

»Ach ja, das Pinkeln. Du warst wie ein Hund, ständig musstest du pinkeln und es war dir egal, wo. In den vier Wochen, als ich zu Hause war, kannten dich die Cafés zwischen Neusser Straße und Schildergasse per du, so oft bist du dort zum Pinkeln eingefallen. Hinterher mussten wir immer etwas trinken – einen Kaffee für mich und ein Wasser für dich –, damit sie ihre Toilette nicht für uns sperrten.«

»Zweimal habe ich auch hinter St. Ursula wildgepinkelt«, gestand ich.

»Nein!« Judiths Ehrgefühl war wunderbar altmodisch.

»Es war schon dunkel und ich konnte nicht anders … ich wäre sonst geplatzt …«

»Apropos Cafés: Du hattest panische Angst vor Eiswürfeln. Irgendwo hattest du gelesen, dass Eiswürfel oft zu viele Bakterien enthalten, und wenn eine Kellnerin dir trotz deiner erklärten Bitte Eiswürfel ins Mineralwasser getan hatte, hast du ihr coram publico fast den Kopf abgerissen. Es war ein bisschen unheimlich, wie ein Psychopath, der auf bestimmte Schlüsselwörter reagiert. Marke ›Sie sehen aus wie meine Mutter … Ich *hasse* meine Mutter …‹ Die armen Kellnerinnen waren ganz verstört.«

»Ich hatte ihnen bei der Bestellung immer ausdrücklich gesagt: ›Keine Eiswürfel, bitte‹. Wenn sie zu blöd sind, sich das zu merken …«

»Henrike, die haben halt ihre Routine und sind nicht immer die hellsten…«

»Na und? Bestellung ist Bestellung.« Ich richtete mich auf. »Sag mal, kannst du den Lesern eigentlich auch etwas Nettes über meine Schwangerschaft sagen?«

»Du hattest atemberaubend viel glänzendes Haar und eine wunderbare Haut.«

»Danke. Und sonst?«

»Generell warst du überhaupt nicht zänkisch, sondern friedlich wie eine Kuh. Ich kenne dich schon lange und so friedlich warst du noch nie. Als wären deine sämtliche Neurosen in einen neunmonatigen Winterschlaf gefallen. Du nahmst nichts übel und fordertest nichts.«

»Außer Käse.«

»Außer Käse.« Judith küsste mich zärtlich auf die Lippen. »Wenn mir noch etwas einfällt, sage ich es dir. Und jetzt schlaf gut, Bounty.« Bounty nannte sie mich, weil ich mir abends Kokosöl ins trockene Haar massierte und sie dann immer Appetit auf ein Bounty bekam.

Mir fielen schon die Augen zu, da hörte ich sie murmeln: »Dein Busen … du hattest einen echten Atombusen … wundervoll. Antonella hat mir hinterher erzählt, dass ihr Mann dich in dieser Zeit regelrecht gemieden hat, weil er nicht wusste, wohin er schauen sollte. Er sei nach Hause gekommen und hätte ernsthaft zu ihr gesagt: ›Ich habe Angst vor dieser Frau! Sie ist so erschreckend weiblich mit ihren ein Meter neunzig und diesen riesigen Brüsten.‹ «

»Du bist schon mutig«, flüsterte ich gerührt zurück. Eine halbe Minute später schliefen wir. Eltern eines Kleinkindes fallen meist in Tiefschlaf, sobald ihr Kopf das Kissen berührt.

Bauch aufschneiden

Es war am Abend des Endspiels der Europameisterschaft, Spanien gegen Deutschland. Ich starrte gebannt auf den Bildschirm. »In der Halbzeit bist du fällig«, warnte Judith. »Dann bekommst du den Einlauf und die Spritze.« – »Bäh«, maulte ich. Morgen sollte der Kaiserschnitt sein. Man würde mir den Bauch aufschneiden und den Fötus aus mir herausholen. Es gab nur einen einzigen Grund, warum ich dieser Maßnahme zustimmte, aber er war gewichtig: Ohne Kaiserschnitt würden mein Söhnchen und ich sterben. Er saß mit dem Kopf nach oben und der Kopf war sehr groß.

Zur Halbzeit war die Fußballpartie noch offen. »Einlauf«, herrschte Judith, die sich drohend über mir aufgebaut hatte. »Jetzt.« Widerwillig folgte ich ihr ins Badezimmer. Was nun ablief, muss so ähnlich ausgesehen haben wie die Beschreibung von Allan Ginsbergs Mutter in »Howl« bei einem Psychosemalheur auf allen Vieren. Nie habe ich mich kreatürlicher gefühlt. Was ist der Mensch? Pipi, Kacki, Schleim. Den Einlauf hatten wir bald ohne größeren Brechreiz hinter uns gebracht, dann kam die Anti-Thrombose-Spritze. Judith, die Ärztin, vermasselte sie. Es handelte sich – das muss ich zu ihren Gunsten sagen – aber auch um einen höchst komplizierten Auslösemechanismus. Jedenfalls war die Flüssigkeit noch in der Spritze, ließ sich aber nicht in die Kanüle befördern.

»Wir müssen ins Krankenhaus«, entschied Judith.

»Lass mich noch die zweite Halbzeit sehen«, nörgelte ich. »Es eilt doch nicht …«

»Doch«, sagte Judith bestimmt. »Die Spritze muss rechtzeitig wirken. Ich rufe jetzt ein Taxi.« Ich gehorchte lustlos, weil ich wusste, dass Judith keine Ruhe geben würde und ich nichts von der zweiten Halbzeit hätte.

Dem ängstlichen Taxifahrer versicherte Judith dann, dass meine Fruchtblase völlig intakt sei – sie als meine Ärztin müsse das wissen –, so dass er keine Angst vor einer Geburtsschweinerei auf seinem Rücksitz zu haben brauche. Mit voll aufgedrehtem Radio (»Schweinsteiger – Podolski – Klose – neeein! Schaaade! Aber eine glänzende Kombination.«) fuhr er uns durchs menschenleere Köln. Die Atmosphäre war ehrfurchtsvoll. Alle Menschen saßen zu Hause oder in Kneipen vor den Fernsehern und schauten das Spiel. Ich war schlecht gelaunt, das Endspiel zu verpassen, machte mir aber klar, dass wir vermutlich ein Riesenglück hatten, an diesem Abend überhaupt einen Taxifahrer zu erwischen und dann noch einen, der sich bereitfand, eine Hochschwangere zu befördern.

Im Krankenhaus saß niemand am Empfang. Nachdem wir eine Weile leise rufend durch die Gänge im Erdgeschoss geirrt waren, hörten wir schließlich gedämpft einen Fernseher. Vor ihm hatten sich zwei Schwestern mit einer Tüte Chips zusammenkuschelt und fuhren schuldbewusst auseinander, als Judith klopfend die Tür aufriss. Lesben sind überall. Nach einigem Gelächter gaben sie mir die Thrombosespritze und wir fuhren – der Fahrer hatte mit laufendem Taxometer vor dem Portal gewartet – zurück in die Nordstadt.

Wir gingen sofort ins Bett. Die Vorbereitungen für den Kaiserschnitt sollten um acht beginnen und ich bin chronisch unpünktlich, so dass mich Judith schon um halb sieben aus dem Bett scheuchen wollte. »Wie fühlst du dich?«, fragte Judith mich vor dem Einschlafen.

»Müde«, antwortete ich, drehte mich um und begann bestialisch zu schnarchen.

Dass der Kaiserschnitt am Ende so lustig verlief, habe ich in erster Linie dem Anästhesisten zu verdanken, einem gütigen, bärbeißigen Mann in mittleren Jahren. Während der Operationsvorbereitung erzählte er mir schnörkellos, was er gerade tat. Seltsamerweise beruhigten mich seine, für Außenstehende grausam klingenden Beschreibungen: »So, jetzt kommt eine lange, lange

Nadel, mit der ich Ihnen ins Rückenmark steche. Das wird Ihnen wehtun, geht aber vorüber. Danach werden Sie Ihre Beine nicht mehr spüren. Aber keine Angst, in ein paar Tagen werden sie Ihnen wieder gehorchen, sofern alles gut geht.« Ich glaube, man muss Arzt sein oder schwanger für solchen Galgenhumor, jedenfalls lachte ich Tränen.

Inzwischen war Judith in Gummilatschen, OP-Kittel und -Häubchen zur Tür hereingekommen, begleitet von der Hebamme, und hielt sich lächelnd abseits. Obwohl sie selbst Ärztin und Blut gewohnt war, hatte sie unterschreiben müssen, das Krankenhaus nicht auf seelische Schäden durch den Anblick eines Kaiserschnitts zu verklagen. Vor einiger Zeit war ein Vater wohl ausgerastet und hatte auf das OP-Personal eingeprügelt, als die Ärzte seiner Frau den Bauch aufschlitzten, deshalb. Der Anblick meiner Liebsten beruhigte mich. Sie strahlte förmlich.

Als meine Beine taub waren, schob man einen großen grünen Sichtschirm über meine Brust. Judith durfte jetzt neben meinen Kopf treten. Der Chefarzt kam herein, begrüßte mich kurz. »Wir fangen jetzt an. Okay?«

»Habe ich die Wahl?«, fragte ich.

»Nein«, gab er zu und lachte trocken. Ich mag es, wenn Ärzte Klartext reden. Ein unheimliches Schweigen begann.

Ich hatte Angst, das Schneiden des Skalpells in meinem Fleisch zu hören. »Judith, erzähl mir was. Was Schönes«, flüsterte ich, der sprechende Kopf.

Sie überlegte einen Moment und begann zu erzählen: »Denk an unseren Balkon. Die zartvioletten Wicken mit dem herrlichen Duft im großen englischen Tontopf. Die Ipomea »Star of Yelta«, wenn sich am frühen Morgen sieben Blüten auf einmal öffnen und die Bienen anlocken. Denk an die prachtvollen rosa Geranien im Blumenkasten, flankiert von Lobelien und Schleierkraut.« Und so weiter und so fort. Die Löwenmäulchen, der Fingerhut. Das OP-Personal muss gedacht haben, wir wären total malle, aber das waren wir in dieser Situation schließlich mit einigem Recht und Judiths botanische Schilderungen taten mir gut.

»Ein Junge!«, rief der Chefarzt schließlich aus.

»Ach was«, dachte ich. Der Ultraschall hatte es uns schon früh, am Ende des dritten Monats, verraten. Klitoris und Penis sehen sich in diesem frühen Stadium sehr ähnlich, unterscheiden sich jedoch dadurch, ob sie sich nach oben oder unten neigen. Plötzlich war ich aber doch sehr aufgeregt. Ich meine, diese Ultraschallheinis können dir ja viel erzählen. Es war tatsächlich ein Junge, ein kleiner Mensch! Ich hatte tatsächlich neun Monate lang ein Baby in mir getragen und keine Katze. Irgendwann im Laufe der Schwangerschaft muss ich die Hoffnung aufgegeben haben, tatsächlich ein Baby auf die Welt zu bringen (»Warum soll ich ausgerechnet mal Glück haben? Bestimmt geht es noch schief, man hört so viel Schlimmes«), oder es war mir zu abstrakt gewesen. Jedenfalls prickelte ich jetzt vor Erregung: »Ein Baby! Ein Baby!«

Die Hebamme trug es um den grünen Sichtschirm herum und legte es mir an die Wange. David war perfekt. Weil sein Köpfchen nicht im Geburtskanal verformt worden war, hatte er einen schönen runden Kopf, bedeckt mit überraschend dichtem blonden Haar. Gutmütig blinzelte er mich an und da zeigte sich schon sein Temperament in nuce. Dann wurde er mir wieder weggenommen, Judith und die Hebamme brachten ihn zum Wiegen. Judith erzählte mir später, sie habe so etwas wie eine Geflügelschere in die Hand bekommen, mit sie die Nabelschnur dann weiter heruntergekürzt hätte, als symbolischer Akt für die Co-Mutter. Leider habe sie den Fehler begangen, sich während des Gangs zur Wage aus kollegialer Neugier umzudrehen und auf meinen offenen Unterleib zu blicken, der gerade zugenäht wurde. Ihr wurde übel und fast hätte sie David fallen lassen.

Nach einer Viertelstunde wurde ich auf einem Bett in einen weiteren Vorraum geschoben, wo mir die Hebamme David in den Arm legte. »Ein Baby!«, dachte ich glücklich, aber bis sich tiefere

Muttergefühle entwickelten, sollte es noch Wochen dauern, und das ist normal. Judith, inzwischen wieder in Alltagskleidung, ging neben mir her, als mich die Hebamme in ein sonnendurchflutetes Schwesternzimmer schob. Unser Zimmer war noch nicht fertiggemacht.

Ich versuchte zu stillen, aber David wollte nicht und ich wusste auch nicht wirklich, wie man stillt. Man muss nämlich ein bisschen direktiv sein; unbedingte Höflichkeit gegenüber einem Neugeborenen ist nicht immer angebracht.

Judith beobachtete uns fasziniert und machte Fotos mit ihrer Spiegelreflex. Dann rief sie meine Mutter an, um ihr zu sagen, dass alles gut gegangen sei. Ich glaube, das war das erste Mal, dass sich meine Mutter über einen Anruf von Judith, der Ihrer-Tochter-auf-der-Tasche-liegenden-Versager-Ärztin, freute.

Schließlich waren wir in unserem Familienzimmer. Judith wollte drei Nächte bei uns schlafen. In der ersten Nacht dachten wir irgendwann: »Okay, das war jetzt spannend, die Geburt, aber können wir das Baby jetzt bitte wieder abgeben?« David hatte noch Fruchtwasser in der Lunge und hustete etwa jede Stunde einmal so stark, dass wir aufwachten. Angesichts unserer Erschöpfung – ich hatte nach der Geburt einen Teint wie Rigips – war das Folter. Wir sehnten uns eine

Zeit zurück, als Babys nach der Geburt noch auf die Säuglingsstation gebracht wurden, statt gleich ihren Eltern aufs Auge gedrückt zu werden. Um drei erbarmte sich eine Schwester und nahm David für zwei Stunden mit ins Säuglingszimmer. Dann wurde er uns zurückgebracht, vermutlich wegen der frühkindlichen Geborgenheit, die er bei uns erfahren sollte oder so. Es war jedenfalls fürchterlich.

Ich borgte mir ein Paar von Judiths Super-Ohrstopfen und schlief am Nachmittag, während sich meine Freundin ein bisschen die Beine vertrat – bis eine Schwester vor mir stand, mich rüttelte und ausrief: »Frau Lang, Ihr Kind schreit!« Ist das grausam oder nicht?

Die Schmerzmittel-Medikation war vernünftig geregelt. Wenn ich Schmerzen hatte, konnte ich mir selbst per Knopfdruck eine Dosis verpassen. Am vierten Tag konnte ich wieder meine Beine bewegen und alleine zur Toilette gehen. Wegen der Thrombosegefahr trug ich weiße Stützstrümpfe. Seit meiner zweiten Ex-Freundin – lang, lang ist's her, damals war ich neunzehn – hatte ich keine halterlosen Strümpfe mehr getragen. Nachmittags wurde eine aufgebrachte Rumänin in mein Zimmer gefahren, die sich beschwerte, dass man nach fünfzehn Stunden Wehen trotz ihres wiederholten Bittens keinen Kaiserschnitt an ihr vorgenommen hätte. »Halten Sie noch ein bisschen durch«, hätte man ihr Stunde um Stunde gesagt, »Das Kind kommt gleich.« »Wissen Sie, was ich am liebsten mit diesen Ärzten machen würde? In Rumänien machen die Ärztinnen das, was man will, und kommen einem nicht mit Natürlichkeitsideologie.« Plötzlich war ich sehr froh, dass eine »natürliche Geburt« an mir vorübergegangen war.

Am sechsten Tag musste ich zur Abschlussuntersuchung beim Chefarzt und dann wurde ich entlassen. Judith holte mich und David mit einer bei eBay erstandenen Babyschale ab, im tadellos gebügelten Streifenhemd und in einer grauen Strickjacke, ganz Gentleman und junger Vater. Sie griff mich am Arm und schaute mir prüfend in die Augen: »Nimm ihn mir nicht wieder weg. Hörst du?«

Ich versprach es ihr. Und hielt Wort, obwohl wir uns in den kommenden beiden Jahren stressbedingt oft bis aufs Blut stritten und zeitweise sogar die Trennung erwägten.

Ein Taxi kam. Wir fuhren in einen strahlenden Juli-Morgen hinein. Der Tag würde heiß werden.

Still-Tage in Clichy

Als Lesbe unter anderen Müttern zu sitzen, ist eine zuweilen atemberaubende Erfahrung. Denn wenn du ein Kind am Busen hast, vermutet niemand, dass du lesbisch sein könntest, selbst wenn du über eins achtzig bist und gehst wie ein Seemann.

Das beginnt schon im Krankenhaus: Weil das Stillen am Anfang nicht klappte und wir immer wieder Personal um Hilfe bitten mussten, kamen ständig irgendwelche resoluten Krankenschwestern an mein Bett, nahmen kurzerhand meine Brustwarze zwischen Daumen und Zeigefinger, quetschten sie und stopften sie unserem Baby in den Mund. Was natürlich nur bedingt erotisch war. Aber es gab da diese superharte Oberschwester – blondierte, geschminkte Hete mit dem Herz eines Kerls –, die mir vor dem Kaiserschnitt das Schamhaar rasierte. Oioioi.

Eine andere Schwester setzte mich nachts an die Melkmaschine, vulgo Milchpumpe. Sie war höchstens fünfundzwanzig, wenn nicht jünger, Typ idealistische Kinderkrankenschwester. Mit großen himmelblauen Augen kniete sie vor mir und bewunderte meine Milchmenge.

Und die Hebamme, die mich im Wochenbett

betreute, nahm meine Brustwarze mit dunkelroten, mindestens zehn Zentimeter langen Fingernägeln in die Hand, so ganz zart und vorsichtig. Sobald ich diese Fingernägel erblickte, wurden meine Brustwarzen hart. Ich hoffe, sie hat es nicht bemerkt.

Als das Stillen dann endlich klappte, immer und überall, war es eher wie Zähneputzen, auch wenn ich andere Frauen dabei sah, was in den diversen Mutter-Kind-Gruppen nicht ausblieb. Inzwischen war ich geoutet, man verstand sich gut, niemand sah in mir den Wolf im Schafspelz, der ich am Ende doch ein bisschen bin und bleibe. Eine unglaubliche Intimität war zwischen mir und den anderen, heterosexuellen Müttern entstanden. Ich wusste jedes Detail über vorangegangene erfolglose IVF-Befruchtungsversuche bei X, die schlappe Spermienzahl von Ys Mann und dass Z ungewollt schwanger war, sich jetzt aber freute.

Man umarmte sich, wenn man sich sah, küsste sich zu Begrüßung. Ich war schlichtweg one of the girls. So habe ich mich auch gefühlt – bis ich abgestillt habe. Dann verändert sich der Hormonpegel nämlich stark, man wird wieder befruchtungswillig, nicht anders als eine Katze oder Hündin. Und ich umgeben von lauter Frauen, die sich in ihren Sommerkleidchen bückten, um ihrem Baby Kotze abzuwischen oder ein Spielzeug aufzuheben. Dekolletés, Oberschenkel. Zartbraune Brustwarzen auf milchweißen Busen, wie vom Konditor. Alles wölbte und schwoll mir plötzlich entgegen. Nicht nur das, auch in Männern sah ich plötzlich nur noch wandelnde Samenbeutel, wie schon vor meiner Schwangerschaft. Noch ein Kind und noch eins!

Und sich dann wieder von geilen Hebammen rasieren und kneifen lassen!

Was dem Spuk ein Ende gesetzt hat? Irgendwann arbeitete ich wieder. Mein Realitätssinn kehrte schlagartig zurück. Na ja, nachmittags sitze ich weiter mit unserem Kind am Sandkasten und halte Ausschau nach hübschen Frauen. Zum Beispiel neulich diese Kurdin mit ihren vier Buben und einer Nase wie ein Tortenmesser … hinreißend …

Barbusig

Der graue Himmel über mir zerfiel in kleine Wölkchen und gab die ersten Sonnenstrahlen frei. Über dem China-Shop, in dem Chinesen Chinesen Andenken aus Deutschland verkauften, befanden sich Wohnungen. Schäbig, im Sechziger-Jahre-Stil und sicher fürchterlich isoliert, aber konnte man schöner wohnen als so nah am Herzen der Stadt, der Domplatte? Mich ängstigte ja nichts mehr als Langeweile. Einen Moment lang träumte ich davon, im Hinterhof von St. Andreas zu wohnen. Dann biss mich ein harter kleiner Gaumen in die Brustwarze und ich schrak auf. Wir saßen auf der Hintertreppe von St. Andreas – David saugend, ich träumend.

So haben wir ein ganzes Jahr verbracht. Zwar hatte ich oft depressive Anwandlungen, Judith so weit weg und ich als Alleinerziehende heillos überfordert. Dennoch war es die schönste Zeit meines Lebens. So schön wird es nie wieder sein.

Wenn einem jemand am Busen nuckelt, wird derselbe Botenstoff ausgeschüttet, der verliebt macht, Oxytocin, das so genannte Bindungshormon. Kurzum, man wird ganz weich und dämlich. Unbewusstes Ziel des Babys oder der Liebhaberin ist es, ihr Opfer zu immobilisieren.

Judith ist eine Meisterin darin, sonst hätte ich den alten Schwerenöter nicht so lange toleriert. Jedenfalls habe ich während meines Elternjahrs immobilisiert an unzähligen Stellen in Köln gesessen, die ich sonst nicht kennengelernt hätte, und wenn, niemals so intensiv. Weich und dämlich, fast schon gefährlich durchlässig, wie auf Drogen, nahm ich plötzlich jedes Detail in meiner Umgebung wahr, während David an mir trank, erst an der einen, dann an der anderen Brust.

Eine Stunde lang auf dem Poller hinter der Kreissparkasse zu sitzen, würde ich ansonsten als Folter bezeichnen, als modernes Pfahlsitzen. Doch so kam eine alte buckelige Frau mit Rollator vorbei, die am Ende ihres Lebens vom jungen Leben auf meinem Schoß gerührt war, einen Plausch hielt und David und mich segnete. Niemand würde sonst auf die Idee kommen, mich zu segnen, während ich in der Innenstadt auf einem Poller hocke. Mit David im Paket wurde ich jedoch ständig gesegnet, es war sehr angenehm und fehlt mir. Judith ist Atheistin und macht Witze, wenn ich religiös werde.

Ich war oft den ganzen Tag lang mit dem Kinderwagen in der Stadt unterwegs, um dem Alleinsein in der Wohnung zu entgehen. Alle zwei, drei Stunden wollte David trinken und brüllte so laut, dass es keinen Aufschub duldete, nicht zuletzt, weil durch sein Geschrei oft meine Brust zu tropfen begann. Mit einem solcherart durchnässten T-Shirt sah man wie eine Schlampe aus. Außerdem klebte die dünnflüssige zuckrige Muttermilch. Also nach einer Sitzmöglichkeit umgeschaut, T-Shirt hoch, Busen raus und Kind ran. Ah, welch eine Erleichterung für beide. Vergessen, dass ich eigentlich in die Lengfeld'sche Buchhandlung wollte, um ein Buch mit Essays von Joseph Brodsky zu kaufen. Brodsky, wer war das noch mal? Vergessen. Wohltuendes Vergessen. David als meine Version der Lethe.

Welch eine Ruhe am Kolpingplatz, wenn man auf einer gemauerten Brüstung sitzt und dem geschäftigen Hin und Her auf der Minoritenstraße zusieht. Das Haus dahinten – hat dort nicht jahrelang die EMMA logiert? Alice Schwarzer ist solch eine starke Persönlichkeit – was hat der Nachmieter unternehmen müssen, um ihren Geist aus den Räumlichkeiten zu vertreiben, jene erfrischend vitale, zugleich dominante und egoistische Stimme? Ich erinnere mich an eine junge Frau, die hier am Kolpingplatz vergewaltigt und umgebracht wurde, als sie eine Kneipe in der Nähe verließ. Die EMMA hielt eine Gedenkwache für sie. Ach je, ich bin schon so alt, mein Köln ist mit Gespenstern bevölkert, sobald ich mich an einem Ort niederlasse und nachdenke.

Ich bin so alt, dachte ich. Ich menstruiere schon so lange, neunundzwanzig Jahre. Ich sollte eigentlich schon tot sein statt Mutter eines kleinen Kindes. Ich dachte an die Freundinnen und Freunde, die tot sind. Haps. Autsch! Ich blickte David erbost an und verzieh ihm sogleich. Das Gute an David ist, dass er mittelfristig jede Depression vertreibt, weil er einen ständig auf Trab hält. Man lebt ganz im Augenblick. Tschüss, Gespenster, ihr kriegt mich nicht, ich habe noch eine Aufgabe.

Als David das dritte Mal an diesem Tag brüllte, beschloss ich, mir etwas Gutes zu gönnen und steuerte ein Café beim WDR an, das ich schon lange einmal besuchen wollte. Als ich noch arbeitete, war ich dazu nie gekommen, konnte manchmal schon glücklich sein, überhaupt noch etwas Tageslicht zu sehen, wenn ich das Büro verließ. Außerdem wäre ich zu geizig und paranoid gewesen, in ein schönes Innenstadtcafé zu gehen. »Da sitzen die Reichen und fressen sich voll«, hätte ich gedacht. Alles war mit Davids Geburt von mir abgefallen wie Schorf – ich eroberte mir die Stadt. Die Tür zum Café aufzustoßen, war ein Triumph. »I did it, I did it«, jubelte ich innerlich.

Die Nougattorte war köstlich. Ich genoss sie schamlos, denn David trank alle Kalorien sogleich wieder von mir ab. Trotz meines gewaltigen Tortenkonsums verlor ich an Gewicht, vermutlich auch durch das ständige Herumgerenne durch Straßen und Parks. Torte und Oxytocin sind eine wunderbare Kombination. Ohne Stillen macht sie leider fett, aber schon die Erinnerung an meine Kuchenschlachten macht mich glücklich.

Neben uns saß ein junges italienisches Touristenpaar, vermutlich Studenten. Er sah aus wie von Pasolini gecastet, ein mediterranes Leckerchen mit blankem Gesicht. Sie war einfach eine junge frische langhaarige Brünette, die total auf David abfuhr. »Gleich segnet sie uns«, frohlockte ich schon, aber so weit ging sie leider doch nicht. Hüpfte aber immer vor uns auf und ab, während sie Späßchen mit David machte, der freudig gluckste. Ihr dekolletierter Busen hüpfte mit auf und ab, was mich beschwingte wie Champagner. Es war unglaublich, wie sich andere Frauen unschuldig vor mir gehen ließen, bloß weil ich ein Baby hatte, als wären wir alle Kinder. Flupp wupp, flupp wupp, flupp wupp. Die kleinen festen Apfelbrüste einer jungen Frau. Als sie die Show beendete und sich überschwänglich von uns verabschiedete, war ich fast erleichtert.

Einmal habe ich in einer Kirche gestillt, weil es draußen regnete. Der fette, gemeine Küster schlich misstrauisch im Halbdunkel des Kirchenschiffs um mich herum. Er dachte vielleicht, ich bemerkte ihn nicht, aber ich lauschte jedem seiner Schritte und wusste immer genau, wo er gerade stand und Boshaftigkeit ausdünstete. Ich glaube, er fand es geradezu pornografisch, dass ich es wagte, in einer Kirche zu stillen. Er wusste, dass ich zur Hälfte barbusig war und dass lustvoll ein Kind an mir saugte. Muss man doch beobachten, wohin soll das alles führen! Zugleich wagte er es nicht, sich mir zu nähern, aus Angst, unsere Lust könne auf ihn überspringen und ihn vernichten.

Eine Stunde haben wir so verbracht, ich mit David auf der knüppelharten Kirchenbank und der alte Mann besorgt um uns herumschleichend. Ich suchte weder die Provokation, noch beugte ich mich dem unausgesprochenen Druck. In friedvollem Stillphlegma betrachtete ich eingehend die Märtyrerskulpturen vor mir. Es roch fade nach Weihrauch. Der Bischof mit dem Kopf unter dem Arm gefiel mir am besten. Die romanische Architektur war wunderschön. Ich schaute eine Maria an, die mich ihrerseits selig anschielte, während sie ihr Söhnchen hochhielt, das seine rechte Hand zum Victory-Zeichen ausgestreckt hatte. »Ich verstehe dich«, dachte ich.

Klick. Der Still-BH war wieder hochgeklappt, ich zog das T-Shirt herunter, setzte David auf und redete freundlich mit ihm, während ich ihm den Mund abwischte. Offen gestanden roch seine Windel nicht gut. »Soll ich ihn hier, auf der

Kirchenbank, auch noch wickeln?«, dachte ich mit teuflischem Grinsen. »Ja!« Bis ich die Wohnung erreicht hätte, wäre Davids Kleidung komplett durchgesifft. Milchschiss ist relativ dünnflüssig. »Sinite parvulos venire ad me«, würde ich freundlich sagen, falls mich der Küster bedrohen und zum Verlassen der Kirche auffordern sollte. Domschweizer beispielsweise tun so etwas, die sind dafür berüchtigt, lauthals Weinende hinauszuwerfen, weil sie die Andacht stören. Doch der alte Mann hielt still, was ich ihm durchaus anrechne. Als ich die Kirche endlich verließ, muss er sehr glücklich gewesen sein. Vielleicht beseligte ihn aber auch der pikante Gedanke an eine Mutter und ihr Kind und zwei pralle Brüste.

Säure

»Möchtest du auch einen Tee?«, fragte Judith, während sie in die Küche ging.

»Ja«, hauchte ich, mich erschöpft auf dem Sofa lang machend. Mit List und Tücke war es uns gelungen, David in den Schlaf zu wiegen. David war ein ruhiges, in sich ruhendes Kind, um das uns viele unserer Elternfreunde beneideten, aber auch er hatte seinen Willen, und im eigenen Bett zu schlafen, entsprach nach monatelangen kuscheligen Nächten im Ehebett mit Mama nicht seinen Vorstellungen. Allein, Judith war gerade aus dem Kosovo da und verlangte ihr Recht.

Ich verlangte offen gestanden weniger nach Judith – Berührungen waren mir, nach dem ständigem Angegrabbeltwerden durch Ärzte, Hebammen und durchs Baby, fast ein Gräuel – als nach Nachts-ohne-Kind-sein, nach Schlaf und Ruhe. Ein großes Schild in schlichter schwarzer Schrift: »Mother außer Dienst«. Also zogen wir das berüchtigte Jedes-Kind-kann-schlafen-lernen-Programm durch, mit kontrolliertem Schreienlassen, alle paar Minuten reinkommen, beruhigen, verabschieden, Finger in die Ohren stecken, Schluchzer unterdrücken, nach fünf Minuten wieder reinkommen, beruhigen et cetera.

Eigentlich war mir eher nach Schnaps als nach Tee.

Judith reichte mir den Becher und ich nahm einen tiefen Schluck. Früchtetee. »Was ist denn das für ein Tee?«, fragte mich Judith interessiert. Fürs Einkaufen war weitgehend ich zuständig und Tees waren meine Spezialität. »Früchtetee«, sagte ich geistesabwesend. »Ganz schön sauer, aber lecker«, antwortete Judith und legte die Füße hoch. »Hat bestimmt viele Vitamine.« – »Ja«, entgegnete ich automatisch. Gerne wäre ich jetzt eingeschlafen, eine warme friedliche Judith an meinen Füßen, Tee, ein schlafendes Kind. Das Leben konnte so einfach sein. Langsam dämmerte ich weg, von Gedankenfetzen umschwirrt. Plötzlich schreckte ich hoch.

»Judith«, sagte ich langsam.

Sie schreckte ebenfalls hoch. »Ja?«

»Judith, ich *verabscheue* Früchtetee. Niemals habe ich Früchtetee gekauft!«

»Und?« Sie schaltete nicht, wie so oft.

»Das ist kein Früchtetee«, schloss ich.

»Sondern?« Ihre Augenbrauen schossen amüsiert in die Höhe.

»Das ist Entkalker! Ich wollte heute Nachmittag den Wasserkocher entkalken.«

Schon wurde Judith etwas ernster. »Das ist bestimmt nicht gesund. Lass uns mal auf die

Flasche gucken.« Sie stürmte los, holte die kleine gelbe Plastikflasche mit dem Entkalker von der Küchentheke und las: »Bei Verschlucken bitte umgehend einen Arzt konsultieren.«

Uns wurde mulmig. Unser Baby schlief nebenan und seine dusseligen Eltern lagen vielleicht im Sterben, die Eingeweide von Säure zerfressen. Klang auch nicht wie ein schöner Tod.

»Judith, der Giftnotruf«, japste ich. Aus Angst, David könnte irgendetwas Giftiges essen oder trinken, hatte ich die Giftnotrufe sämtlicher Regionen der Bundesrepublik im Telefon gespeichert. Und jetzt hatte nicht er sich vergiftet, sondern wir – böser Witz.

Fahrig klickte sich Judith durchs Telefonregister. »Giftnotruf Bonn«, sagte sie schließlich und wählte.

Es ging niemand dran. Hand in Hand saßen Judith und ich auf dem Sofa, die Finger ineinanderverschlungen, und warteten, dass das Brennen im Magen begänne, Vorzeichen eines langen, qualvollen Todes. Vierzehn, fünfzehn, sechzehn.

»Ich glaube, ich bekomme Magenschmerzen«, sagte ich. »Ich auch«, antwortete Judith. So sehr wir uns während einer langen Lesbenehe gestritten hatten, so sehr waren wir jetzt in stoischer Todeserwartung geeint.

Zwanzig, eine Stimme meldete sich. »Guten Tag«, sagte Judith. »Meine Lebensgefährtin und ich haben Säure getrunken. Versehentlich, meine ich.« Blablabla am anderen Ende. »Genauer gesagt, Entkalker. Wir haben den Wasserkocher entkalkt und die Flüssigkeit daraus für Früchtetee gehalten.«

»Wir haben ein kleines Kind«, murmelte ich im Hintergrund. Deshalb. Ansonsten wären wir nie und nimmer so blöd, Entkalker für Tee zu halten. Die Schlaflosigkeit zermürbt einen.

»Jede eine Tasse.« Gott, wir hatten echt nicht alle Blätter im Kalender. Das Gesöff schmeckte so widerlich, wir hätten schon nach einem Schluck aufmerksam werden sollen. Die Minuten verstrichen. Mein Magen schmerzte jetzt deutlich.

»Ja?« Judiths Gesicht erhellte sich. »Gut. Vielen Dank.« Sie legte auf.

»Also«, fragte ich drohend. »Was sollen wir tun?«

Judith ließ sich zurück aufs Sofa fallen und räkelte sich. »Nichts.«

»Nichts?«

»Die Ärztin meinte, die Säure sei so stark verdünnt gewesen, dass sie uns vermutlich nicht gefährlich würde.«

»Was heißt ›vermutlich‹?! Ich will kein ›vermutlich‹, ich will Klarheit, ob's mir in der nächsten Stunde den Magen zersetzt!« Judiths Laissez-faire konnte mich in Hysterie versetzen. Vielleicht hätte ich besser selbst mit der Ärztin gesprochen.

»Die Ärztin meinte, das Einzige, was wir jetzt tun könnten, wäre viel Wasser zu trinken.«

Das taten wir dann auch. Jede griff sich eine Sprudelflasche. Ich trank meine auf ex und rülpste wie ein Elch, während Judith, wie immer – ihre liebste Flüssigkeitsquelle sind Kaffee und Bier – mal gerade ein halbes Glas trank und einschlief. Ich hasse und beneide sie für ihren gesegneten Schlaf. Sie schläft wirklich, wo sie sitzt, und wacht dann erfrischt wieder auf, selbst wenn Säurevergiftung im Spiel ist. Ich deckte sie zu und schlurfte ins Schlafzimmer, zum schlafenden David. Lieber nachts von einem Säugling am Busen begrabbelt werden als Gifttrinken mit Judith.

Zu heiß, zu kalt

Babys schreien. Sie schreien, weil ihnen zu heiß oder zu kalt ist, weil sie Hunger oder Durst haben, weil die Windel voll ist, sie müde und überreizt sind oder eine Krankheit ausbrüten. Manchmal schreien sie jedoch aus unersichtlichen Gründen, so wie wir selbst oft nicht wissen, warum unsere Stimmung absackt. Kurzum, auch Babys sind Stimmungen ausgeliefert, und ihr Geschrei hört auf, wenn es aufhört. So einfach ist das.

Als Biomutter nahm man das Geschrei nach einer gewissen Zeit phlegmatisch hin – nachdem man eine Rundumwartung an seinem Kind vorgenommen hatte, Birnenmus und Milch angeboten, die Windel gewechselt, Kinderlieder gesungen und Fieber gemessen, und nichts fruchtete, kein Fehler im Programm gefunden. Was sollte man in solchen Momenten tun als das schreiende Bündel seiner Anwesenheit und seines Mitgefühls zu versichern?

»Okay, du bist jetzt wütend. Das ist in Ordnung. Schrei ruhig, ich lege die Wäsche zusammen«, sagte man und übertönte das durchaus nervenzehrende Geschrei mit einem forcierten heiteren inneren Summen.

Wehe aber, die Co-Mutter war auf Stippvisite aus dem Kosovo und eine kinderlose ältere Freundin kam nachmittags zum Tee. Dann ging es rund. Beide Frauen hatten nicht viel Ahnung von Babys im Allgemeinen und von David im Besonderen, fühlten sich aber zum Mittuten berufen, als wäre ich, die Biomutter, alleine nicht in der Lage, das Baby angemessen zu versorgen (was ich seit seiner Geburt weitgehend alleine tat, mit dem sichtbaren Erfolg, dass David immerhin lebte und wuchs).

Von Judith bekam ich zu hören: »Ihm ist bestimmt zu heiß! Zieh ihm was aus!«, während die ältere kinderlose Freundin ungeniert quakte: »Ich glaube, ihm ist eher zu kalt. Außerdem ist es ganz falsch, direkt zum Baby zu rennen, wenn es schreit – ihr verwöhnt es! Lasst es doch schreien, dann wird es schon merken, dass ihr nicht direkt kommt!«

»Verpiss dich«, wollte man der Freundin dann zurufen, biss sich aber auf die Zunge, weil man die Erfahrung gemacht hatte, dass Widerworte gegen gut gemeinte Baby-Ratschläge nur zu quälend langen Diskussionen führten, und die Ratgeber hatten, weil sie durchschliefen, immer mehr Energie als die durch und durch fehlerhafte Biomutter.

Die ältere kinderlose Freundin merkte irgendwann, dass sie die junge Familie eher störte als stärkte, und ging netterweise von selber. Die Co-Mutter hingegen, die inzwischen am schreienden

Kind herumfummelte, um es aus seinem Kapuzenjäckchen zu schälen, konnte man leider nicht aus der Wohnung werfen – sie wohnte hier auch. Also schwieg die Biomutter weiter, den schwelenden Zorn tief inhalierend.

David krabbelte jetzt, luftig für den April, im Body durch die Wohnung. Und schrie weiter. Warum auch immer er schrie, zu warm war ihm offenbar nicht. Stoisch griff ich ihn mir und zog ihn wieder an, denn wenn er sich unnötigerweise erkältete, wäre meine Nachtruhe dahin, und ein bisschen Selbsterhaltungstrieb hatte ich noch.

Judith, die Co-Mutter, war beleidigt, dass ihr Ratschlag offenbar nicht der richtige war. Sie, die beruflich oft Abwesende, wollte sich an den wenigen kostbaren Urlaubstagen gerne als jemand erleben, der sich perfekt ins Baby einfühlt, ein Naturtalent. Sie warf mir Ignoranz für ihre Bemühungen vor: »Warum ziehst du ihm das Jäckchen wieder an?«, und sie nannte mich gefühllos: »Du lässt ihn einfach schreien!«

Wenn Judiths Urlaub dann zu Ende ging und ich sie zur Flughafen-S-Bahn brachte, atmete ich, bei aller Traurigkeit, wieder auf. Alleine mit David zu sein, war zwar manchmal schwer, aber immerhin hatte ich diese grauenvollen Zu-heiß-zu-kalt-Diskussionen nicht, sondern entschied die Trivialitäten des Mutteralltags alleine.

Zuerst dachte ich, dieser ewige Zank wäre vielleicht etwas Lesbentypisches – zwei Frauen, die sich darum schlagen, wer die bessere Mutter ist, wie im Kaukasischen Kreidekreis. Dann erinnerte ich mich jedoch an ein Heteropaar in meinem Geburtsvorbereitungskurs, das bereits ein älteres Kind hatte und von schrecklichen häuslichen Streitereien berichtete.

»Als wir noch zu zweit waren«, sagte der Mann, ein netter großer Blonder, »konnten wir einem Streit viel leichter aus dem Weg gehen, nach dem Motto ›Mach doch, was du willst, mir egal, bist ja erwachsen‹, und erst ein paar Stunden später, wenn sich die Wellen gelegt haben, wieder nachhause kommen. Mit einem Kind geht das nicht. Viele Situationen müssen sofort gelöst werden, oft gibt es zwei Meinungen, und weil das Baby mit seinem Kindchenschema direkt ins Herz trifft, wird mit geradezu ideologischer Verve gestritten, wie man ihm am besten helfen kann.«

Voilà. Wenn Eltern untereinander ehrlich sind, wirkt das immer sehr erleichternd: Nein, man ist nicht das schlimmste streitende Paar auf dem Erdball, sondern überall, wo eine Wiege steht, fliegen nachts, unter Scheidungsandrohung, die Teller. Babys schlafen, wenn sie schlafen, sehr, sehr fest, das geht schon in Ordnung.

Bei unserer Nachbarin Antonella und ihrem

Mann stand sogar einmal das Jugendamt vor der Tür. Eine andere magenkranke ältliche Nachbarin, die unter Marcos Kinderzimmer schlief und jede noch menstruierende Frau hasste, hatte dem Amt gemeldet, das Baby schreie ständig und sie mache sich Sorgen, ob es ihm gut gehe – zumal sich seine Eltern jede Nacht stritten.

Antonella, mit sardischen Vorfahren, muss es schwer gefallen sein, den Sozialarbeiter nicht mit dem Küchenmesser zu kastrieren. Er ging irgendwann, hinreichend beruhigt. Unsere Blockwart-Nachbarin ertragen wir weiterhin. Ihre Bosheit, aus Muße geboren, hält sie jung, sie wird uns Mütter um Jahre überleben.

Oder ich schob David durch den Supermarkt. Er schmatzte und schrie. »Zwieback«, dachte ich, mich tapfer an dieser minimalen letzten Gedächtnisleistung festhaltend, denn Babygeschrei ist der reinste Aktenschredder. »Du wolltest Zwieback kaufen.«

Eine ältere Dame fasste mich am Ärmel und sagte sehr fest und laut: »Ja sehen Sie denn nicht, dass Ihr Junge schreit, weil er Hunger hat?«

Ich schüttelte sie ab und ging weiter. Hätte sie sich an mir festgeklammert, hätte ich sie, die leicht war wie ein Vöglein, einfach mit mir gezerrt, so wie ein Elefant kleine zeternde Spechte auf seinem Rücken davonträgt.

Sie schüttelte den Kopf und schimpfte, aber ihr Schimpfen wurde mit jedem Meter, den ich mich würdevoll von ihr entfernte, schwächer, denn zu folgen wagte sie mir auch nicht. Vielleicht hat sie das Weiße in meinen Augen gesehen. Hätte ich der älteren Dame geantwortet, hätte ich etwas sehr, sehr Hässliches zu ihr gesagt, ihr vielleicht sogar das Einkaufsnetz entrissen und über den Kopf gehauen, damit sie schwieg, so weit war ich inzwischen.

Tu dies, tu das – Mütter sind Freiwild für die öffentliche Meinung. »Er hat Fieber, sehen Sie das nicht?«, sagte die Heilpraktikerin vorwurfsvoll zu mir, die ich eigentlich wegen meiner anhaltenden Blasenentzündung konsultiert hatte, nicht wegen David, der gerade sehr erkältet war. Gut, es konnte sein, dass er Fieber hatte, aber nicht allzu hoch, sonst hätte ich es gefühlt, und David war gerade eh zu Hause, wo er in Ruhe fiebern durfte.

»Ihm ist kalt«, raunzte Judith, die Co-Mutter. »Und sag zu unserem Jungen« – er spricht inzwischen die ersten Worte und die ununterbrochen, begeistert über seine neue Fähigkeit – »nicht ›Klappe!‹. So sprichst du nicht mit ihm, noch nicht mal scherzhaft!« Am Ende des Besuchs sagte sie selber »Klappe!«, wenn David, inzwischen anderthalb, gerade zum hundertsten Mal emphatisch »Hasi« rief.

»Zu streng, zu weich« wurde zum nächsten Gegensatzpaar, als David heranwuchs. Es bleibt uns wohl bis zu seiner Volljährigkeit erhalten. »Du bist zu weich«, zankte Judith, »du lässt ihm alles durchgehen.« Dann ging sie David scharf an, mit dem einzigen Erfolg, dass er zu brüllen begann. Bei mir brüllte er seltener, weil ich wusste, dass Gebrüll nur Gebrüll erzeugt, und möglichst ruhig mit ihm redete. Oft, nicht immer, lenkte er dann in der einen oder anderen Form ein. Ich war einfach aus Effizienzgründen klug geworden. Auch bei Judiths Erziehungsversuchen griff ich bald nur noch ein, wenn David physischer Schaden drohte. Ansonsten ließ ich sie gewähren; schließlich musste sie sich als Co-Mutter ausprobieren.

Meine Mutter kam zu Besuch. David befand sich nach einem heftigeren Trotzanfall, einem *Grand mal* sozusagen, für eine halbe Stunde zum Abkühlen im Badezimmer. Judith hatte ihn dorthin geschickt, mit meiner stummen Billigung, manchmal waren wir uns auch wortlos einig.

»Mama, Mami!«, heulte David. »Will nich eingeslossen sein, *rauslassen*! *Aufmachen*!« Dabei erklangen Geräusche, als trommelte er mit seinen kleinen Fäusten gegen die Tür.

»Nein«, brüllte Judith zurück, wohlwissend, dass David nicht eingeschlossen war, sondern, auf dem Klodeckel sitzend, mit Wuttränen in den Augen durch die offene Badezimmertür auf den Flur schaute. Ich wusste das auch. David war manchmal eine echte Granate. Ich als oberste David-Autorität rief bekräftigend: »Du bleibst im Badezimmer, bist du nicht mehr heulst, klar?«

Da schaltete sich empört meine Mutter ein, die ihr zarter kleiner, vor allem einziger Enkel rührte, und kreischte: »Wie könnt ihr den Jungen denn im Badezimmer einsperren? Das ist zu hart!« Judith zuckte es in den Fingern, ihr das Teetablett über die Rübe zu hauen, das sah ich. Ich versicherte Mutter, dass David nicht eingeschlossen war, sondern der Dramatik halber flunkerte, und es gelang uns irgendwie, den Besuch konventionell zu beenden, auch wenn sich Mutter noch sorgte, warum David überhaupt flunkerte, was täten wir ihm denn Entsprechendes an? »Er hat Fantasie«, entgegnete ich müde, aber Mutter dachte und dachte, Judith und mich anklagend, weiter laut vor sich hin.

»Siehst du, so ist das, Judith«, sagte ich, als sich endlich die Aufzugtür hinter Mutter schloss. »Zu hart, zu weich, viel zu müde, längst wach, siehst du denn nicht, du Unmensch du, Unmutter, dass Fieber, ungesundes Essen, wie kannst du nur.«

»Ich verstehe«, antwortete Judith, und tatsächlich wurde es ein wenig besser. Bis zu unserem nächsten Streit. Diesmal stand er unter dem Thema

»Schon groß genug« / »noch viel zu klein« – aber das wäre eine neue Geschichte, und ich denke, Ihnen reicht dieser Ausschnitt.

Der Todeskuss

Sein Kuss ist einfach unwiderstehlich. Seit einiger Zeit fordert David mich auf, mit geschlossenen Augen den Kopf vorzustrecken. Dann platziert er einen dicken, langen, schmelzenden Kuss auf meinen Mund, der mich verzaubert. Na ja, die Geste hat noch Schwächen. So hält er die Lippen unbeholfen gespitzt. Sie fühlen sich an wie eine Rosenknospe aus Porzellan, kühl und fest. Aber er hat ja noch eine Menge Lebenszeit, um mit anderen Mädels (oder Jungs) zu üben, ich bin bloß seine Mama. Jedenfalls liebe ich diese Küsse, so uneingefordert und frisch.

Freudianisch vorbelastet, habe ich Kristin, meine beste Freundin, gefragt, ob es normal sei, dass kleine Kinder einen auf den Mund küssen wollen, und sie bejahte: Auch für ihren Sohn seien nur Küsse auf den Mund richtige Küsse, alles andere zählte nicht. Ja, sie wüssten schon, wie sie einen kriegen. Weich machen und immobilisieren, siehe das Kapitel »Barbusig« zum Thema Stillen. Kristins Sohn, der schon gut spricht, sagt begleitend zum Kuss noch Dinge wie »Mama, du bist die schönste Frau der Welt!«.

Sich von David küssen zu lassen, ist allerdings ein russisches Roulette. Er geht in den

Kindergarten. Hier die Übersetzung, falls Sie kein Kind haben: Kindergärten sind ein gigantischer Viren- und Bakterienpool. Bis zu sechs Infekte im Herbst und Winter sind normal. Fast immer gibt es eine Inkubationszeit, in der man den Kindern nicht anmerkt, dass sie erkrankt sind. Wenn man ihnen dann zu nahe kommt, kann man sich die bizarrsten Erkrankungen holen. Das erkrankte Kind in seiner jugendlichen Frische steckt sie meist schneller weg, nur die Erwachsenen kriechen noch Wochen später heulend über den Fußboden. Was bei David nur ein kleines Rotznäschen ist, wächst sich bei Judith und mir zur doppelseitigen Lungenentzündung aus.

Normalerweise sind wir gewappnet und waschen uns jedes Mal, wenn wir David die Nase geputzt haben, die Hände. Im Badezimmer stehen im Winter eine besonders stark rückfettende Flüssigseife und eine Desinfektionslösung für die Hände. Handtücher werden bei sechzig Grad gewaschen, mit einem Schuss Sagrotan. Also, es ist nicht so, dass wir nicht aufpassten. Nur wenn wir David abends waschen, wickeln und anziehen – eine entspannte, intime halbe Stunde in der Tageshektik – und er dann mit seinem gespitzten rosa Mündchen kommt, versagt bei uns alles. Zu groß ist die Verlockung.

Nach der letzten Magen-Darm-Grippe, die mir David auf diese Weise verpasst hatte, musste ich eine Woche lang das Bett hüten, so schwach war ich, und essen konnte ich auch nicht. Zumindest habe ich drei Kilo abgenommen. Unsere gesamte Wäsche wurde drei Tage nacheinander mit hohen Sagrotandosen durch die Maschine gejagt und hing anschließend überall in der Wohnung zum Trocknen herum. Zwei Wochen später hatte unser Sohn einen leichten Reizhusten, küsste mich in einem unbewachten Moment und ich entwickelte eine eitrige Bronchitis, die auch fünf Breitbandantibiotika nicht vertreiben konnten. Erst das sechste half. Wie ein nasser Sack lag ich im Bett.

Beziehungsweise, was Nicht-Eltern sich vielleicht nicht vorstellen können: Auch wenn man schwer krank ist, hat man niemals frei, um sich auszukurieren. Niemals. David kommt nachts schweißverklebt ins Bett und ich muss bei ihm Fieber messen, ihm temperatursenkenden Fiebersaft geben, Wasser einflößen und Wadenwickel machen, egal wie krank ich selber bin. Niemand macht mir Wadenwickel oder bringt mir auch nur einen heißen Tee. Niemand. Judith schnarcht im Nebenzimmer, in freiwilliger Selbstisolation, um sich den Drecksvirus nicht auch noch zu holen, und das ist ja auch vernünftig.

Man liegt, nachdem man den inzwischen genesenen Knaben aus der Kita geholt hat, ausgestreckt in der Diele auf dem Fußboden und weiß genau, dass man nie wieder aufstehen wird, um irgendetwas zu tun. Währenddessen tanzt David kreischend um einen herum: Mama dies und Mama das.

»MAAAMA!!«

Dann gibt er einem einen Kuss, als Motivation, aufzustehen, und man tut es schwerfällig, weil es so ja nicht weitergehen kann, sonst bekommt das Kind Angst, bei einer Mutter, die auf dem Boden liegen bleibt.

Mit dem neuerlichen Kuss hat man sich vermutlich neue Viren eingefangen, ist aber zu phlegmatisch, um sich den Mund mit dem Ärmel zu wischen. Gottergeben nimmt man die mutmaßlichen neuen Erreger entgegen.

Bisher habe ich Menschen, die in der Hitze der Leidenschaft auf Kondome verzichten und sich mit AIDS infizieren, nicht verstanden. Mich kann man unter den Tisch trinken und immer noch funktioniert mein Verstand unerbittlich, rechnet sämtliche Risiken eines möglichen Geschlechtsverkehrs für Seele und Körper durch und bilanziert in 99,9 Prozent der Fälle, dass es den vermeintlichen Spaß nicht wert ist. So verliebt, dass ich dafür mein Leben gelassen hätte, war ich noch nie. Doch mit

David bin ich nachsichtiger geworden. Zwar hat mich nicht die sexuelle Erotik am Wickel, doch eine ungestüme mütterliche Zuneigung, die sich manchmal kaum bremsen lässt.

Wenn David mich küssen will, setzt bei mir das Hirn aus und ich setze mich, verliebt in mein Kind, bedenkenlos jedem möglichen Leiden aus. Woher kommt das?

Wenn man gesund ist, vergisst man, wie schrecklich es ist, krank zu sein. Jedes Mal, wenn ich krank bin, fühle ich mich, als wäre es das erste Mal, ähnlich wie sich Menschen in jedem Winter von Neuem über Schnee und Eis erschrecken. Wenn man sechs Mal in der Nacht raus muss, um sich auf der Toilette sitzend zu übergeben, ist das im Nachhinein trivial, in dem Moment aber schrecklich, es scheint nie vorüberzugehen. Wann werde ich wieder gesund, ist die bange Frage. Wenn du wieder gesund bist, lautet die Antwort. Und wenn man wieder gesund ist, verdrängt man die Erinnerung an Krankheiten sofort.

Außerdem bin ich viel versöhnlicher und vergesslicher, seit ich David habe. Vergesslich aus Liebe, dicker, fetter, reiner Liebe, sahnige Butter. Was wäre, wenn ich wüsste, dass David eine infektiöse tödliche Krankheit hätte? Ich würde ihn weiter herzen, könnte gar nicht anders. Bis zu seinem letzten Atemzug. Sofern er nicht »Nein!

Nicht hüssen!« brüllt wie jetzt gerade, als er an meinen Schreibtisch kommt und ich ihm einen Kuss auf die Backe zu drücken versuche.

Scat

Ich erzähle eigentlich nicht gerne Kindergeschichten. Zwar erlebe ich jeden Tag etwas Entzückendes mit unserem Sohn, muss es der Allgemeinheit aber nicht mitteilen, weil ich glaube, dass es nur für mich als Mutter von persönlichem Wert ist. Wer lustige Anekdoten über vorlaute bildungsbürgerliche Kinder lesen möchte, soll in Zeitschriften wie »Eltern« oder »Brigitte« gucken.

Einen Unterschied machen – David und seine Freunde befinden sich gerade in der Analphase – die Kacki-Affären, weil sie so entsetzlich und damit anarchisch und subversiv sind. Dass man mit Scheiße spielen kann, im SM-Jargon Scat genannt, hinterlässt selbst mich als alte Liberale sprachlos; der Ekel kommt so spontan und heftig, dass er jeden anderen Gedanken killt.

So entglitt Dörte und Luc, den Eltern von Davids bester Freundin Annika, kürzlich der Kindergeburtstag. Folgendes geschah: Matti kackte in den Garten. Matti ist ein fieser Charakter, so lange ich ihn kenne. Er hat uns schon als Krabbelkind gequält. Die Geburt seiner kleinen Schwester vor drei Monaten machte ihn nicht besser. Also kackte Matti, der eigentlich schon »sauber« war, also keine Windeln mehr trug und selbstständig aufs Klo gehen konnte, seinen Gastgebern bei allen möglichen Einladungen lustvoll auf den Teppich, stets einer heftigen Reaktion gewiss. Ich glaube, Dörte war schon froh, dass Matti diesmal den Garten wählte, um sich zu entleeren, und nicht in den Dielenschrank schiss, wie bei der letzten Einladung.

Falls das Ihre Frage ist: Man lädt soziopathische Kinder wie Matti heutzutage nicht mehr aus, sondern wendet sich ihnen einfühlsam zu und versucht, ihrem permanenten Übelwollen eine Art christlicher Sanftmut entgegenzusetzen. Außerdem bedauert man die Mutter, die unter Mattis Bosheiten schon genug leidet, und will sie nicht in Sippenhaft nehmen und schneiden. Erst nachdem Matti die Wohnung verlassen hat, schlägt man tief durchatmend ein Kreuz, dankbar, dass der nächste Kindergeburtstag mit Matti auf heimischem Grund jetzt ein Jahr Zeit hat.

Leider steckt Matti, der wirklich schon ein professioneller Dämon ist, seine Spielkameraden leicht an. David fand es offenbar lustig, Matti auf den Rasen kacken zu sehen, wie die braune Wurst geschmeidig aus seinem Anus kroch, und kackte daraufhin ebenfalls in den Garten, diesmal aber, um Mattis Affront noch zu toppen, gezielt auf die Vergissmeinicht. Jetzt kam Noemis Auftritt:

»Iiiieh!«, schrie sie, lustvoll empört. »Mama, David und Matti Rasen kackt!« Alarmiert sprangen wir anwesenden Mütter, die bisher friedlich ermattet auf der Terrasse Kaffee getrunken hatten, auf und setzten uns in Bewegung. Dörte steckte ein Päckchen Taschentücher ein.

Mein Sohn David, ein freundliches Kind, wenn er nicht gerade mit Matti spielt, gefiel sich jetzt als Schurke und schubste Noemi hohnlachend in die Vergissmeinicht, so dass sie mit dem Hinterkopf in seine Scheiße fiel. Noemi brüllte, fand alles auf einmal gar nicht mehr komisch. Gott sei Dank war ihre Mutter, eine Pastorenfrau (daher auch der bescheuerte Name, Noemi), nicht da, aber bis zum Abholen mussten wir Noemis lange blonde Haare unbedingt wieder sauber kriegen. Annika, das Geburtstagskind, war gleich tröstend an ihrer Seite und sagte: »Noemi Haare wassen«, während Dörte das Gröbste mit Taschentüchern aus dem Pastorentochterhaar entfernte. Es war abzusehen, dass die Taschentücher nicht reichen würden.

Ich entschuldigte mich kurz bei Noemi für Davids Gemeinheit und rang auch David selbst ein »Sssulligung« ab. Dann rannte ich ins Haus und holte Küchenpapier und Plastiktüten. Zurück am Tatort, half ich Dörte, die bereits schwächelte, und versuchte Noemis rosa Sandalen zu reinigen, denn auf dem Weg zu David war sie offenbar auch in Mattis Scheiße getreten. Nur auf einem Fuß stehend, musste Noemi sich irgendwo abstützen und wählte dazu meinen Kopf.

»Äh«, sagte Dörte, die tapfer neben uns aushielt, »Henrike …« Dörte, eine Ästhetin durch und durch, habilitierte sich gerade in mittelalterlicher Kunstgeschichte und hüllte ihre Tochter Annika oft in Gewänder, die von William Morris inspiriert zu sein schienen. Scheiße-Spiele mussten sie besonders hart ankommen. »Äh, Henrike …«

»Ja?«, fragte ich, durchs Schuheputzen abgelenkt.

»Du hast Scheiße im Haar …« Offenbar hatten auch Noemis Hände beim Aufstützen in den vollgeschissenen Vergissmeinicht etwas abbekommen.

Jetzt waren wir personell knapp. Dörte und Eva, eine weitere Mutter, kündigten an, sich um die Jungs zu kümmern – denn der diabolische Matti, neue Aufmerksamkeit heischend, stapfte inzwischen mit nackten Füßen in der eigenen Scheiße herum, und David schickte sich an, es ihm nachzutun. Jemand musste sie stoppen, und das würde nicht ich sein, weil ich mir auf der Stelle Davids Fäkalien aus den Haaren waschen wollte. »Ich nehme die Mädchen mit hoch«, knurrte ich. Geburtstagskind Annika nahm die schwer gedemütigte, immer noch weinende Noemi mitfühlend an die verkackte Hand und folgte mir, als ich im Treppenhaus zwei Stufen auf einmal nahm.

Es klingt nicht nett, aber zuerst einmal wusch ich mir selbst die Haare mit Tonnen von rosa Kindershampoo über der Badewanne aus, statt mich um die stinkende, heulende Noemi zu kümmern. Wie gesagt, der Ekel bei Scheiße überkommt einen so heftig, dass ihre Entfernung keinen Aufschub duldet. Bevor ich mich den beiden geduldig wartenden Mädchen zuwenden konnte, musste ich mich erst einmal selbst säubern. Das Kindershampoo roch penetrant nach künstlichen Waldbeeren oder dergleichen, überdeckte den süßlichen Scheißegeruch aber erfolgreich.

»Annika«, brüllte ich während einer Spülpause, »geh doch bitte ins Gästeklo und wasch dort Noemi schon mal grob die Haare.«

»Ja«, rief Annika, freudig, in diesem Drama von Nutzen zu sein, und zerrte ihre Freundin hinter sich her auf den Flur.

Ich hörte noch die Füße tappen und wusch mir dann mit etwas mehr Ruhe die Haare fertig. Als ich sie schließlich frottierte, war es merkwürdig still auf der Etage. Hin und wieder hörte ich ein leises Mädchenkichern, dann ging die Spülung. Die Spülung ging eigentlich verdammt oft. Ein ungutes Gefühl beschlich mich.

Als ich die Tür zum Gästeklo aufriss, sah ich Noemi auf einem länglichen Sitzhocker liegend, den Nacken auf die Klobrille gelegt, so dass ihre langen blonden Haare ins Gästeklo hingen. Annika wusch sie dort hingebungsvoll mit flüssiger Handseife. Vermutlich hatte Annika die Szene mehrfach beim Friseur gesehen und spielte sie jetzt nach. Oder hatte sie meine Aufforderung, Noemi im Gästeklo die Haare zu waschen, wörtlich genommen? Die Mädchen schnurrten jedenfalls vor Vergnügen. Ich dachte, ich bekomme gleich Gelbsucht. Gott sei Dank befanden wir uns bei Dörte und Luc, die eine Putzfrau haben und deren Klo für gewöhnlich pieksauber ist.

Als ich die Mädchen ins Badezimmer scheuchte, musste ich feststellen, dass inzwischen die Übeltäter Matti und David die Badewanne okkupierten, munter mit ihren Pimmeln winkend, worauf Noemi wieder zu schreien anfing. Und so weiter und so fort. Bis endlich alle Kinder, Mütter und die Badewanne halbwegs gesäubert waren, vergingen anderthalb Stunden. Auf Kuchen hatte hinterher nicht einmal Matti, der Hartgesottene, Lust. Schweigend, ja glimmend nippten wir an unserer Limonade. Wir Mütter dachten an mögliche Spätfolgen wie Bindehautentzündungen oder Hepatitis A und sammelten Kraft für den Aufbruch, die Kinder waren einfach nur platt.

Irgendwann klingelte die Pastorenfrau, um Noemi abzuholen. »Wie war's?«, fragte sie vorsichtig. Niemand antwortete.

»Frag nicht«, sagte Dörte schließlich.

Hormone

Ich war zu Besuch bei meiner besten Freundin auf dem Land. David und ihr Sohn Eike spielten zusammen im Wohnzimmer, während wir in der Küche Tee tranken, Schokolade aßen, schimpften und lachten. Soviel war passiert in den vergangenen Monaten – unsere Freundschaft brauchte dringend ein Update. Wir schätzten uns glücklich, dass wir unsere Söhne hatten und dass sie inzwischen ein Alter erreicht hatten, in dem sie uns einmal für kurze Zeit von der Pelle gingen und im Nebenzimmer miteinander spielten.

Nach dem Frühstück ging ich ins Bad, um meine Hormontabletten zu nehmen – ich wollte ein zweites Kind, und ohne hormonelle Unterstützung würde das in meinem Alter nichts mehr, sagte der Doc –, aber ich fand sie nicht. Nachdem ich meinen Kulturbeutel erneut durchsucht hatte, setzte ich mich auf den Badewannenrand und dachte nach. Dann fiel es mir ein: Ich hatte die Packung auf dem Gästebett liegen lassen, alles klar.

An den spielenden Kindern ging ich vorbei ins Gästezimmer und schaute nach, aber die Packung lag nicht mehr auf dem Bett. Als ich genauer schaute, fand ich ein Tablettenbriefchen auf dem Fußboden und daneben zwei kugelige weiße

Tabletten. Die Kinder mussten sie herausgelöst haben. Sie sahen nämlich aus wie Bonbons.

Ich schätzte, dass mindestens vier Kugeln fehlten.

Volltreffer. Der Albtraum jeder Mutter und jeden Vaters: herumliegende Medikamente, die vom Kind für Bonbons gehalten werden. Ich zitterte vor Angst und Scham. Dann rannte ich zu David und Eike, die mit ihrer Duplo-Eisenbahn spielten, und durchsuchte ihre Münder auf Tabletten, was bei beiden ein großes Geschrei auslöste, das Kristin herbeirief.

Sie starrte mich zunächst fassungslos an, als ich ihr von den fehlenden Hormonbällchen erzählte. Wenn sie mir jetzt, nach zwanzig Jahren, die Freundschaft gekündigt hätte, hätte ich es verstanden. Dann gackerte sie los und machte mit beiden Händen eine schwellende Bewegung in Brusthöhe: »Jetzt wachsen den Jungs Titten, oder was?«

»Nein«, antwortete ich mit schwacher, aber fester Stimme, den Beipackzettel in der Hand. »Aber du solltest mal die Liste der Nebenwirkungen lesen: Reizbarkeit, Weinerlichkeit, Depressionen, Übelkeit, Schläfrigkeit, wie 'ne Frau auf PMS. Also, ich drehe bei hohen Progesterondosen, und vier sind hoch, immer total ab und muss tonnenweise Schokolade essen.«

Kristin setzte sich. »Oje«, sagte sie. »Die beiden sind ja so, auf Testosteron, schon anstrengend genug und jetzt zu diesem ständigen Durch-die-Gegend-Rasen und sich Hauen und Messen auch noch Zickigkeit?! Gnade Gott …« Dann fuhr sie sich durchs Haar und sagte: »Aber weißt du was, ich werde jetzt mal den Fußboden absuchen, ob ich die Bällchen nicht finde. Unsere Jungs sind eigentlich nicht so, dass sie alles in sich hineinstopfen, was sie finden. Vielleicht haben sie nur damit gespielt.«

Nachdem sie erfolgreich Eike abgewehrt hatte, der auf ihrem Rücken reiten wollte, durchquerte Kristin auf allen Vieren jeden Quadratmeter des Wohnzimmers, der Essecke, des Gästezimmers, des Kinderzimmers, des Flurs, der Küche, des Badezimmers und schließlich des Elternschlafzimmers und durchforstete Parkett wie Hochflorteppich nach meinen Kügelchen. Unterdessen bespaßte ich die Jungs und beobachtete sorgfältig, ob sie irgendwelche charakterlichen Veränderungen zeigten. Sie drehten zwar ein bisschen auf, weil sie meine besorgte Aufmerksamkeit merkten, waren ansonsten aber wie immer.

Nach einer halben Stunde kam Kristin zurück. »Nichts. Und, was macht die Reizbarkeit?«

»Meine ist gewaltig«, sagte ich.

»Meine auch«, fauchte Kristin und streifte sich die Wollmäuse von den Knien. »Aber die Jungs kommen mir normal vor. Falls nicht noch etwas hinterherkommt, weil die Wirkung erst später einsetzt.«

Also gingen Kristin und ich zurück in die Küche und setzten unser Teepalaver fort. Es wurde ein schöner Tag – und eine unruhige Nacht. Eines der Hormonkügelchen fanden wir am nächsten Morgen am Rand des Katzenfutters, nachdem uns Madame Butterfly, Kristins sowieso schon reizbare Siamkatze, stundenlang mit exzessivem Mauzen, Kreischen und Köpfchengeben auf die Nerven gegangen war. Der Rest hatte sich wohl in Whiskas aufgelöst.

Pimmi

In der Windel unseres Sohnes wohnt ein Lebewesen namens »Pimmi«. Pimmi ist ungeheuer frech, widersetzt sich stehend dem Wickeln und legt sich auf Befehl nicht hin. »Pimmi, leg dich hin«, befiehlt Mama ihm dann. »Nein, Mama! Nein!«, darf Pimmi dann ungestraft sagen. Dann singt Mama so lange »Schneeflöckchen, Weißröckchen«, Davids Lieblingslied, bis Pimmi müde wird und sich bereitwillig hinlegt.

In unserem Spiel wird Pimmi von meinem sprechenden Zeigefinger simuliert. Mir gefällt es, weil Pimmi eine Figur ist, die mir, der mütterlichen Autorität, ungestraft widersprechen darf, noch dazu eine männliche, und das tut David sicher gut. Außerdem versuche ich, David überhaupt an seinen Penis zu gewöhnen, da er in letzter Zeit mit einer Morgenlatte aufwacht, die ihn über die Maßen erschreckt. Seine kleine weiße Schnecke wächst dann auf das Dreifache an. Ist sie heiß, juckt sie? Ich müsste mal einen Freund fragen, einen, den man dergleichen fragen kann.

Vielleicht ist Pimmi zu viel in der Windel, denke ich und lasse die Windel stundenweise aus, damit er seinen kleinen Penis frei durch die Luft schwingen fühlt und sich so vielleicht eher an ihn gewöhnt.

Ich mache mir eine innere Notiz, doch endlich ein Treffen mit Frauke zu vereinbaren, mit dessen Sohn Leonhard (sic) sich David so prächtig versteht. Wenn es Sommer wird, können die beiden Jungs auch nackt zusammen im Planschbecken spielen und David sieht mal einen anderen Pimmi.

Dass Judith und ich keinen Pimmi haben, hat er inzwischen akzeptiert, sogar mit Stolz. Bei den unpassendsten Gelegenheit posaunt er »Mama Ssseide! Mami auch Sssseide!«. Man kann dann, während man beim Fleischer ansteht oder in der U-Bahn eine Fahrkarte zieht, nur mit Sang-Froid antworten: »Ja, Mama hat eine Scheide. Mami hat auch eine Scheide. Das stimmt, David.« Die Leute gucken dann zwar, aber so androgyn, dass man mich nicht für eine Biofrau mit Scheide hielte, sehe ich auch nicht aus und so lassen sie uns in Ruhe.

Vielleicht sollte ich auch Davids Patenonkel, Thilo, bitten, mit David ins neue Schwimmbad in Ossendorf zu gehen oder so. Damit David mal einen erwachsenen Pimmi sieht, wie andere Jungs in seinem Alter bei ihren Vätern. Obwohl mir Kristin, meine beste Freundin, erzählte, dass dies auch eine traumatische Erfahrung für den Vater sein kann: Ihr Sohn hätte sich im Badezimmer einmal mit voller Kraft an den Penis seines Vaters gehängt, was zu einem Schmerzensschrei führte.

Kristins Sohn ist übrigens auch sehr stolz auf die Genitalien seiner Eltern. Bei meinem letzten Besuch vertraute mir der Vierjährige an: »Ich habe einen großen Penis!«. Das stimmte. Er war doppelt so groß wie Davids. »Mein Papa, der hat einen noch viel größeren Penis!« Begleitet von einer ausladenden Handbewegung, die die Ausmaße des väterlichen Zeugungsorgans verdeutlichen sollte. »Ah«, sagte ich höflich. »Und meine Mama, die hat eine *riesige Scheide*!« In dem Moment kam Kristin zurück in die Küche. »Das ist ja toll!«, antwortete ich mit gespielter Begeisterung, um die Angeberei zu stoppen. Sonst ginge es nämlich im Jungs-Modus weiter mit »Mamas Scheide ist bestimmt viel größer als deine!«. Dann wären Kristin und ich nun doch verlegen geworden.

Kind ohne Namen

Carmen Willeke hatte ich auf der Entbindungsstation kennengelernt. Als Bettnachbarinnen kurierten wir gemeinsam unsere aufgeschnittenen Bäuche aus, holten uns gegenseitig Frühstück, sobald wir wieder einigermaßen laufen konnten, trafen uns nachts an der Melkmaschine, um Muttermilch abzupumpen, oder auf dem Gang, wo wir mit unseren Säuglingen mühsam auf und ab schoben, und hatten bei alldem, so grässlich es war, viel Spaß.

Sie war auch eine Norddeutsche, mit kurzen Haaren, kräftigen Oberarmen und bissigem Humor, Krankenschwester von Beruf. Ihr Mann, der aussah wie ein Schlachter oder ein Schweinchen, rosige Haut mit weißblonden Haaren, kam täglich. Sie wirkten sehr glücklich. Carmen wurde eher entlassen als ich, weil ich noch zur Überwachung bleiben musste. Zwar tauschten wir Telefonnummern aus, aber wie das so ist: Im Wochenbett vergisst man alles. Außerdem wohnten die Willekes in Mönchengladbach, und das ist nun doch eine Ecke.

Dann ging eines Tages – David hatte in der vergangenen Woche seinen zweiten Geburtstag gefeiert – das Telefon. Es war Carmen. Ich freute mich über ihren Anruf, war aber auch ein bisschen verwundert. Nach all der Zeit? Als Mutter eines Kleinkindes lernt man ständig andere Mütter kennen und am beständigsten sind die Kontakte in der Nachbarschaft, bei denen eine Hand die andere wäscht. Was wollte Carmen also ausgerechnet von mir?

»Du bist doch Schriftstellerin, hast du gesagt.«

»Redakteurin.« Mein letztes Buch lag bereits acht Jahre zurück. Redakteurin war ich inzwischen auch nicht mehr, weil meine Agentur in wirtschaftliche Schwierigkeiten geraten war und die Teilzeitjobs als Erstes entlassen wurden, sprich die Mütter. Aber auf diese ehrenvolle Berufsbezeichnung wollte ich nun wirklich nicht verzichten. Da blieb ja sonst nichts mehr übrig von mir.

»Jedenfalls kennst du dich gut mit Sprache aus und hast viel gelesen.«

»Ja.« Was wahr ist, ist wahr.

»Ich brauche deine Hilfe.« Das sagte sie in einem flehentlichen Ton, als wäre sie Analphabetin und ihr Glück hinge davon ab, dass ich einen wichtigen Brief für sie schriebe. Ich horchte auf. Es klang nach intensiver Beanspruchung und ich sollte mich nicht täuschen.

»Gerne«, sagte ich vage.

»Wir haben vor einigen Wochen noch einen kleinen Sohn bekommen und ich weiß nicht, wie er heißen soll.«

»Das muss man doch innerhalb von drei Tagen nach der Geburt entscheiden?«

»Eigentlich ja, danach zahlt man Strafe.«

»Und ihr zahlt jetzt Strafe?« Ich setzte mich und streckte die Beine nach vorn. Dieses Gespräch würde dauern.

»Ja, mein Mann ist schon ganz wütend und fragt, was der Affentanz soll. Die Leute beginnen, über uns zu lachen, sagt er.«

»Wie heißt eigentlich noch mal eure Große?«, fragte ich, um Zeit zu gewinnen. Ich erinnerte mich nicht mehr an ihren Namen.

»Also«, sagte Carmen am anderen Ende der Leitung und holte tief Luft. »Also, da war uns die Namensgebung auch schon nicht so leicht gefallen. Sie heißt Noa-Enid.« Willeke. O weia.

»Noah, wie der Prophet?«

»Nein, wie die Sängerin, ohne h.«

»Und wie ruft ihr sie tatsächlich, Noa oder Enid?«

»Ich rufe sie Noa-Enid. Ich kann mich nicht entscheiden, deswegen haben wir dem Standesamt auch gesagt, sie sollen einen Bindestrich zwischen die Namen setzen. Die Kindergärtnerin besteht aber auf einem einzigen Namen, damit sie und die anderen Kinder nicht kirre werden. Ich soll mich jetzt entscheiden. Das ist meine andere Baustelle: Welchen der Namen soll ich wählen?«

»Noa«, sagte ich. Dann prallte am Ende des Vornamens wenigstens nicht Konsonant auf Konsonant und es gab einen schönen Sprachklang.

»Okay, Noa!«, rief Carmen erleichtert aus. »Du hast mir sehr geholfen!«

Geschmeichelt machte ich mich auf dem Sofa lang. »So und jetzt zum Namen für euren Sohn. Was schwebt euch denn da vor?«

»Mein Mann sagt, dass sei meine Sache. Er ist für ›Frank‹, aber das ist doch total veraltet …«

»Ich mag ›Frank‹ gerne«, sagte ich. »›Frank Willeke‹ ist ein schöner Name.«

»Jedenfalls sagt Stefan, er sei müde und ich solle entscheiden. Aber das kann ich einfach nicht …«

Meine Zuversicht, Carmen helfen zu können, schwand.

»Entscheiden – zwischen welchen Namen?«

»Bendix und Lambert.«

»Nenn ihn Bendix-Bindestrich-Lambert«.

»Ismael finde ich auch schön.«

Ismael Willeke. Man sah ihn schon mit einer Harpune herumlaufen und Moby Dick jagen. Oder man hielt ihn für einen Islam-Konvertiten. Aber bitteschön, ich würde mich nicht einmischen. Die Geschmäcker sind bekanntlich verschieden.

»Ismael ist auch ein schöner Name«, entgegnete ich. »Es sind alles schöne Namen, die du im Sinn hast.«

»Mein Mann sagt, er könne am ehesten mit Lambert leben.«

Inzwischen knabberte ich heimlich an einem Keks, um Frust abzubauen, und hoffte, Carmen würde mein Geknurpse am anderen Ende der Leitung nicht hören. »Lambert wäre auch mein Favorit.«

»Ehrlich?« Als hätte ich ihr die Lottozahlen vom kommenden Samstag offenbart.

»Ja, Bendix und Lambert sind beides norddeutsche Namen, die gut zu eurem Nachnamen passen. Lambert gefällt mir persönlich noch etwas besser.« Weil unauffälliger. »Aber das muss du wissen«, schloss ich.

»Henrike, du hast mir sehr geholfen!«, rief Carmen in Mönchengladbach aus. »Bendix oder Lambert, nicht Ismael. Das ist doch schon was.«

»Freut mich«, sagte ich und starrte sehnsüchtig auf meinen Keks, den ich gleich mit ungehemmtem Kieferkrachen verspeisen würde. »Wirf einfach eine Münze, ob Bendix oder Lambert, und lass den Bindestrich weg. So einfach wie möglich. Okay?«

»Okay«, sagte Carmen tapfer und dankbar. »Jetzt schaffe ich es. Tausend Dank. Was hätte ich ohne dich gemacht. Alles alles Gute – jetzt habe ich gar nicht gefragt, wie es dir geht, aber wir telefonieren ein andermal. Mein Sohn brüllt gerade.« Was ich auch hören konnte. »Bis bald!«

»Bis bald, Ohren steif halten!«, rief ich und legte auf. Puh. Die Arme. Neurotische Entscheidungsnotstände sind das Schlimmste, was ich kenne.

Natürlich blieb es nicht bei dem einen Anruf. In der kommenden Woche kreuzten Ruben, Julius und Emilian meinen Weg, in der darauf folgenden – die Willekes zahlten weiterhin Strafe – Kian, Matthis, Jannis und Levi.

Ruben erledigte ich mit dem Hinweis, das U in »Ruben« klänge dumpf, Emilian höre sich an wie der Mädchenname Emilia, und Levi verwechselten die meisten Mönchengladbacher vermutlich mit der gleichnamigen Jeansmarke. Damit hatte ich die schlimmsten Alternativen beseitigt – was aber, wenn sie genau das Richtige für die Willekes waren, und ich hatte Carmen verunsichert statt ihren Selbstfindungsprozess gestärkt? Die Zweifel blieben.

In der dritten Woche hatte ich Carmen heulend am Telefon. Ihr Mann sei vorübergehend in ein Hotel gezogen, er ertrüge die Namenlosigkeit seines Sohnes und den Spott der Verwandtschaft nicht länger. Ich erinnere mich noch, wie ich »So'ne Flasche« dachte und »Warum geht er nicht einfach zum Standesamt und erklärt dort, dass sein Sohn Frank heißen soll?« Denn es war ja offensichtlich, dass seine, ansonsten sehr tüchtige und liebenswürdige Frau in puncto Namensgebung einen Knall hatte und unfähig war, die Situation zu lösen.

Carmen sagte, sie habe seit drei Tagen nichts mehr gegessen, weil sie nur noch vor dem Computer säße und männliche Vornamen google. Sie könne ihre beiden Kinder kaum noch versorgen und stehe kurz vor einem Zusammenbruch. Stefans Mutter würde die Kinder im Moment betreuen, bis Stefan sie nach der Arbeit abhole. Dann weinte sie wieder.

Ich fragte, ob ich nach Mönchengladbach kommen solle, ich hätte gerade das Auto und Zeit. Im selben Moment bereute ich mein Angebot, denn auch dieses Gespräch würde ihr vermutlich nicht weiterhelfen und ich brauchte gerade all meine Zeit eigentlich für mich. Als ich auf der Autobahn war, fasste ich einen Entschluss: Ich würde Carmen ins Standesamt schleppen und sie zwingen, einen Namen anzugeben. Von mir aus auch Napoleon Willeke – Hauptsache, dieses Drama käme endlich zum Schluss.

Die Willekes wohnten in einer komfortablen Doppelhaushälfte. Wäre sie nicht in Mönchengladbach gelegen, sondern in Köln-Nippes, hätte ich meine linke Hand dafür gegeben, aber so registrierte ich die Doppelhaushälfte einfach als alternative suburbane Daseinsform. Other, not me. Eine stark abgemagerte Carmen öffnete die Tür:

»Hallo, Henrike! Schön, dass du da bist!« Sie trug schwarze Freizeitklamotten. Wir umarmten uns. Ich freute mich aufrichtig, sie zu sehen. Diese erste Woche nach der Entbindung war doch prägend gewesen und ohne Carmen nur schwer zu ertragen. Wie gerne hätte ich ihr jetzt bei dieser unsinnigen Entscheidungsqual geholfen.

»Komm rein«, sagte Carmen und haute mir noch einmal freundlich zwischen die Schulterblätter. Der Schlag fiel nicht allzu kräftig aus, sie schien wirklich geschwächt zu sein. »Ich habe auch eine neue Idee«, setzte sie triumphierend hinterher. Durch die kleine Diele, wo ich ablegte, gingen wir in ein großes Wohnzimmer mit einer beigen Sofagruppe. Ich ließ mich in einen Sessel fallen.

»Erzähl.«

»Es ist perfekt!« Carmen strahlte.

»Sag schon.«

»Neo.« Sie schenkte uns Rooibostee ein.

»Neo?«, echote ich mit gespielter Freude. Bestimmt hatte sie ein Plakat zur Ausstellung des Leipziger Historienschinkenmalers Neo Rauch gesehen, die gerade in Brühl lief. »Toll!« Und dann, nach einer Pause: »Das passt ja auch super zu Noa!«

»Siehst du, das habe ich auch gleich gedacht. Außerdem klingt das einfach neu und frisch.«

»Auch cool: ein bisschen wie Neon. Ideal für einen jungen Mann.«

»Ja, nicht? Das habe ich Stefan auch gesagt! Er fand den Namen ja nicht so schön, sagte aber, er sei inzwischen mit allem zufrieden.«

»Doch, Neo gefällt mir«, log ich. Carmen setzte sich ebenfalls und rührte sich einen Löffel Zucker in die Tasse. Sie sah sehr zufrieden aus.

»Nur Neo, kein zweiter Vorname?«

Meine Gastgeberin lächelte. »Nein, Neo pur. Nichts anderes. Das war Stefans Bedingung und diesmal schaffe ich das auch.« Sie trank einen Schluck und setzte die Tasse ab: »Ach tut das gut, wenn die Spannung endlich nachlässt. Es ist alles so viel einfacher als noch bei Noa-Enid. Man merkt eben doch, dass man durch die Kinder reifer geworden ist.«

Ich merkte nur, dass ich durch David müder und dicker geworden war. Viel fröhlicher auch, zweifellos, aber klüger? Es gab Tage, an denen erkannte ich meine Nachbarn nicht. Weiser vielleicht im Sinne von »Bedenke, dass du sterben musst«, denn nichts bringt einem die eigene physische Verletzlichkeit so nahe wie Schwangerschaft, Wochenbett und der erste grauenvolle Infektionswinter mit einem Kindergartenkind. Gewaltsam riss ich mich aus meiner kurzen Betrachtung.

»Wundervoll, Carmen! Habt ihr den Namen schon dem Standesamt mitgeteilt?«

Carmen wurde etwas gedämpfter: »Nein, das wollte ich eigentlich morgen mit Stefan machen, aber der hat plötzlich einen Auftrag erhalten und jetzt geht das doch nicht. Alleine komme ich mir aber total blöde vor.«

Jetzt kam mein Auftritt als Retterin der Willekes: »Ich bin doch gerade da! Komm, wir gehen gemeinsam hin!« Sie zögerte einen Moment, drohte wieder in sich zusammenzufallen. Dann lächelte sie tapfer und gab sich einen Ruck. »Gut! Lass uns fahren.«

Fast schweigend fuhren wir zum Standesamt. Carmen dirigierte mich. Ihre gute Laune schien verflogen, jetzt wurde es ernst. Sie musste sich entscheiden. Ihr Sohn hieß dann auf ewige Zeiten, unwiderruflich, Neo Willeke. »Hoffentlich kommt nichts mehr dazwischen und das Brötchen ist gebacken«, flehte ich stumm.

Der Standesbeamte war dick, Mitte Fünfzig, trug grau-grüne Kleidung im Trachtenstil und hatte graue Bartstoppeln am Hals. »So, Frau Willeke: Ich habe gesehen, dass wir Sie schon mehrmals angemahnt haben, uns endlich den Namen Ihres Sohnes zu nennen. Schön, dass Sie gekommen sind. Wie haben Ihr Mann und Sie sich denn nun entschieden, wie soll der Junge heißen?«

Der Anblick dieses bodenständigen Typs muss Carmen die Nichtsnutzigkeit ihrer Namenswahl schlagartig vor Augen geführt haben, denn sie verstummte.

»Bitte?«, sagte der Beamte und beugte sich vor.

»Neo«, sagte ich an Carmens Stelle. »Er soll ›Neo‹ heißen.«

»Neo?«, sagte der Standesbeamte ruppig. »Wie Neon ohne N? Was ist das denn für ein Name?«

»Es gibt einen bekannten zeitgenössischen deutschen Maler, der so heißt. Neo Rauch, vielleicht haben Sie von ihm gehört«, sagte ich und setzte nach: »Frau Willeke ist eine Kunstliebhaberin.«

Die Kunstliebhaberin war neben mir zusammengesunken und blickte zu Boden.

»Danke für Ihre Ausführungen, aber das möchte ich von Frau Willeke selbst hören. Kann sie nicht sprechen?«, entgegnete der Beamte laut.

Ich schubste sie an: »Los, Carmen, sag's ihm. Sag ihm, dass er Neo heißen soll.«

Der Beamte hatte seine Fleischwurstarme über der Brust verschränkt und starrte uns an.

Carmen sagte keinen Piep. Sie wand sich in stummer Qual auf ihrem Besucherstuhl.

Der Beamte wurde weicher: »Hören Sie, Frau Willeke, wie wäre es denn mit einem schönen alten biblischen Namen?«

Keine Reaktion. Carmen hatte flehentlich den Blick zum Fenster gedreht, als wollte sie davonfliegen. Jetzt bloß nicht Ruben oder Levi, dachte ich.

»Emas«, flüsterte ich Carmen zu.

»Emas«, sagte Carmen in die angespannte Stille hinein.

»Emas?«, fragte der Beamte. Er konnte einem wirklich auf die Nerven gehen, immer zweifelnd nachzuhaken, statt einfach den Wunsch der Eltern zu notieren.

Ich kam Carmen zur Hilfe. »Ja, der Feldherr aus dem 4. Buch Moses, der die Kanaaniter vernichtend schlägt. Erinnern Sie sich?«

»Nö«, sagte der Beamte, immer noch kopfkratzend. »Aber im Alten Testament gibt es so viele dolle Namen.«

»Man hört den Namen in Deutschland wirklich nicht so oft«, tröstete ich ihn.

»Gut, Emas. E – M – A – S, richtig?«

»Richtig«, sagte ich.

Der Beamte händigte Carmen, die sich zu erholen schien, die längst überfällige Geburtsurkunde ihres Sohnes aus. »Gut, Frau Willeke – ich bin froh, dass wir das endlich geklärt haben. Alles Gute für Sie und Ihre Familie!« Er wurde richtig herzlich. Bestimmt war er kein schlechter Mensch.

Auf dem Rückweg holten wir uns zwei wohlverdiente Stücke Frankfurter Kranz und aßen sie daheim bei frischem Rooibostee. Später kam Stefan mit den beiden Kindern. Wir hatten ihm eine SMS geschickt, dass die Namensqual endlich entschieden war. »Emas?«, fragte er. »Aus dem Alten Testament, wie Jonas oder Elias?«

»Ja, genau«, sagte Carmen, Stefan war stolz auf seine kluge Frau und küsste sie zärtlich aufs Ohr.

Zeit zu fahren. Und sich eine neue Telefonnummer zuzulegen, falls Carmen mir auf die Schliche kommen sollte. EMAS ist das Kürzel irgendeiner europäischen Umweltbehörde, die irgendein verdammtes Siegel vergibt. Es hatte auf einem Plakat im Büro des Standesbeamten gestanden.

Mama? Papa? Mapa!

Seit mein Sohn sprechen und rückwärtsgehen kann, geht eine merkwürdige Veränderung in mir vor. Ich werde zum Papa, alte Kindheitsmuster treten hervor. Meinen Vater, der selten nach Hause kam, liebte ich sehr, aber nicht in der Art, dass ich glaubte, ich würde ihn später heiraten, was heterosexuelle Mädchen angeblich träumen. Nein, ich wollte sein wie er. Begehrenswert an meinem Vater waren für mich vor allem seine maskulinen Utensilien, die ich mir früh anzueignen suchte. Es gibt Fotos von mir, wie ich als Dreijährige gerade mit seiner Pfeife abziehe oder mit seiner großen, dicken Automatikuhr.

Wenn ich David zur Kita bringe, beobachte ich die Väter. Löblicherweise gibt es viele Väter, die ihre Kinder bringen und abholen. Hätte auch David gerne einen Vater? Sicher. Ich selbst habe meinen Vater als Kind lange vermisst. Über die Jahre konzentrierte ich mich jedoch auf meine anderweitigen Vaterfiguren, von denen eine aussah wie Clark Gable und eine wie Luis Trenker, fesche Männer also. Meinen Vater redete ich, wenn er uns besuchen kam, mit »Onkel« an, was er gutmütig hinnahm.

Beim Beobachten all der, zumindest dem Augenschein nach, sportlichen, fürsorglichen, Kinder abholenden und bringenden Väter entstand in mir das Gefühl, ich müsse schon jetzt, auf der Stelle, selbst für mehr positive Männlichkeit in Davids Leben sorgen, als unmittelbares Vorbild – quasi als ein Konrad Lorenz, der den Gänseküken vorwegwatschelt, auch wenn er selbst keine Gans ist, so wie ich selbst natürlich kein Mann bin, sondern bei aller Androgynität eine Frau. Was lag näher, als mit Papas Utensilien zu beginnen?

Als Erstes kaufte ich mir am Bahnhof eine Automatikuhr. Die Uhr hatte ich zuvor in der Auslage gesehen. Dann hatte ich mir ihre sämtlichen technischen Details im Internet reingezogen, das Modell ausgiebig mit anderen desselben Herstellers verglichen, Kundenbewertungen gelesen, herausgefunden, wer das Uhrwerk gebaut hatte und ob es taugt. Als ich der Inhaberin schließlich genaue Fragen zu meiner Traumuhr stellte, wirkte sie überrascht. Vor allem, sagte sie, sei ich die erste Frau seit Langem, die nach einer mechanischen Uhr verlange. Frauen kauften Modeuhren und wechselten sie alle paar Jahre.

Sie selbst, mit modisch kurz geschnittenen Haaren, eine ergraute Schönheit, trug eine hübsche mechanische Uhr von 1974, die sie regelmäßig beim

Uhrmacher warten ließ, wie sie sagte. »Sie sind groß, Sie können das tragen«, versicherte sie mir gelassen, als ich meine neue Uhr am Handgelenk betrachtete. Sie wirkte so massiv, als könnte man mit ihr einem Angreifer notfalls die Zähne ausschlagen. So soll eine Uhr sein, finde ich inzwischen.

»Dicke Uhr«, sagte David, als ich ihm meinen Neuerwerb vorführte. Leider konnte ich ihm nicht die aufgearbeitete Automatik vom Großvater vererben, denn Opa war samt Uhr verschütt gegangen. Aber weitergeben konnte ich ihm jetzt die neu gekaufte, solide, schöne, mittelteure mit dennoch hohem Wiederverkaufswert, sollte er als junger Mann darauf Wert legen. Dann kaufte ich ihm im Drogeriemarkt für neun Euro noch eine batteriebetriebene rote Kinderuhr aus Hartplastik, die er zur Überbrückung stolz trägt.

Wenn wir abends nebeneinander auf dem Sofa sitzen, muss ich ihm meine Uhr zeigen und er zeigt mir seine. Ich muss ihm meine Uhr geben, damit er ihrem Ticken lauschen kann, und dann höre ich mir das Ticken seiner Uhr an, die er mir ans Ohr hält. Mama und Sohn.

Kurz darauf kaufte ich mir ein schönes schwarzes Herrenfahrrad, woraufhin mich David eine Woche lang »Ulf« nannte, wenn er mich damit sah. Ulf ist ein befreundeter Kindergartenvater, der auch ein schickes schwarzes Fahrrad hat. Hey, Davids Mama hat jetzt ein genauso cooles Rad wie Ulf. Den »Ulf« buchte ich als Punktsieg.

Mein altes Fahrrad, ein Damenfahrrad, sah laut Judith aus »wie eine Sonderanfertigung für motorisch schwach Begabte«, seltsam klobig. Sie selbst hatte mich, als ich hochschwanger war, zum Kauf gedrängt. »Die Stange ist nichts mehr für dich«, hatte Judith gemahnt, »stell dir mal vor, du stürzt.« Ich war noch nie vom Rad gestürzt, selbst im Suff nicht. Warum sollte ich jetzt, mit dickem Bauch, stürzen? »Außerdem brauchst du ein stabileres Rad, auf das du später auch noch einen Kindersitz packen kannst.« Modell Mutti. Auf Damenfahrrädern fühle ich mich jedoch immer wie ein Kerl, der im Sitzen pinkeln soll. Herrenfahrräder sind durch ihre Stange stabiler und, weil man auf ihnen vornübergeneigt sitzt, viel windschnittiger. Mit dem »Ulf«-Rad fühlte ich mich endlich wieder wohl.

Meine letzte, immer noch anhaltende Passion finden Sie vielleicht etwas bedenklich. Ich liebe Messer. Schon als kleines Mädchen habe ich Taschenmesser geliebt, vermutlich durch meine Großmutter, die mit einem silbernen Damenmesser Pfirsiche für mich im Park zerschnitt. Mit einem Taschenmesser isst man Obst nicht bloß, man zelebriert es.

Als ich sechs war, bekam ich mein erstes eigenes Messer. Gerne würde ich jetzt ein Messer kaufen, das ich David weitergeben kann, mit massivem Ebenholzgriff für eine Jungspratze. Ich habe schon etwas im Auge, aber gerade fehlt mir, nach Uhr und Fahrrad, das Geld. Und so begnüge ich mich mit den Messerkatalogen und -magazinen, die ich wieder und wieder durchblättere, bis sie auseinanderfallen.

Wer unser Gästeklo betritt, bekommt vielleicht einen Schock, wenn er die Zeitschriften auf dem Tritthocker sieht: »Messer aus aller Welt«, »Das schöne Messer«, »Alles für die Jagd« und so weiter. Judith hatte mich aufgefordert, diese Magazine zu entfernen, bevor die Putzfrau – keine von uns putzt mehr seit Davids Geburt – das erste Mal kam. »Sie ist eine ältere Italienerin mit einem Riesenkreuz im Ausschnitt und sieht nicht aus, als ob sie Verständnis dafür hätte, dass du dich für ›Wetterlings Spaltaxt aus handgeschmiedetem schwedischen Qualitätsstahl‹ interessierst«, befand sie knapp. »Dass sie für Lesben arbeitet, war ihr schon schwer zu vermitteln.« Ich habe sie nicht entfernt, die Putzfrau erwies sich als stoisch.Auch wunderschöne Buschmesser finden sich in den Katalogen, etwa das schön geätzte mit Birkenholzgriff von Marttiini (»inklusive Scheide aus Elchleder«), aber sie ängstigen Judith. »Wer kauft denn solche Waffen?«, ruft sie dann entsetzt.

»Damit kann man ja jemanden töten!«

Darauf ich: »Na ja, auch in Finnland wird es lästigen Urwald geben.« Judith hat schon viele Marotten bei mir kommen und gehen sehen und geht kopfschüttelnd davon.

»Mama, machst du?«, sagt David und klettert auf meinen Schoß. »Ich gucke Messer«, antworte ich zerstreut im Prolo-Jargon, eine neue Broschüre in der Hand. Überwiegend zeigt sie harmlose kleine Taschenmesserchen oder Küchenmesser und die sehen wir uns noch ein Weilchen gemeinsam an, Mama und Sohn. Eine kuschelige großbusige elegante Mama, comme il faut, mit Hang zu Taschenmessern, japanischen Hackebeilchen, Outdoor-Accessoires und mechanischen Herren-Armbanduhren.

Dann gucken wir auf Davids Wunsch hin eine Runde »Der kleine Maulwurf« auf YouTube. Wenn er sechs ist, kann er von uns ein Kindermesserchen mit abgerundeter Spitze bekommen. Vorher aber wird uns Judith Ende April noch seufzend zur »Messer-Macher-Messe« (»Erbarmen«, sagt Judith) fahren, die jährlich im Deutschen Klingenmuseum in Solingen-Gräfrath stattfindet. »Berlin-Brandenburger Bogen & Messer Messe« klingt noch schlimmer, finde ich.

Bettenroulette

Dass man morgens beim Aufwachen nicht weiß, wo man gerade aufwacht, scheint eher zu einer Studentin zu gehören als zu einer verheirateten Familienmutter. Doch genauso ist es: Ich weiß abends nie, wo ich morgens aufwachen werde. Für Judith war die Eingewöhnung noch schwerer, als sie nach ihrem Dienstjahr im Kosovo endlich wieder auf ein wenig Ruhe, Kontinuität und Privatheit hoffte. Doch auch sie hat sich dem Bettenroulette inzwischen vollständig ergeben.

Ich erkläre es Ihnen mal: Abends legen wir David in sein Bettchen. Ich singe ihm »Schneeflöckchen, Weißröckchen« vor, sein Lieblingslied, bis er Ruhe gibt. Achtmal »Schneeflöckchen, Weißröckchen« nacheinander – im Hochsommer – sind keine Seltenheit. Um nicht irre zu werden, habe ich psychisch auf eine innere Endlosschleife geschaltet. Währenddessen gehe ich im Kopf durch, was ich morgen einkaufen will. Als ich unabsichtlich beginne, »Schokolade, Bratwürstchen« zu singen, schickt David mich weg und schreit nach Mami. Judith löst mich dann beim Schneeflöckchen-Weißröckchen-Singen ab. Für gewöhnlich kommt sie mit drei Wiederholungen davon, dann schläft David tief und fest.

Judith guckt anschließend eine Runde Fernsehen, ein großes Glas Rotwein in der Hand, während ich ernsthaftes Zeug lese, Roland Barthes' Trauerbuch über seine Mutter und dergleichen, denn ich habe in meiner Angeschlagenheit das Gefühl, mir wird die Lebenszeit knapp und ich muss die Bücher, die ich noch lesen will, bald lesen. Anderthalb Stunden später putzen wir uns gemeinsam die Zähne und schlüpfen ins Ehebett, um nach einer kurzen Umarmung sofort in einen tiefen, traumlosen Schlaf zu fallen.

Kind im Kinderbett, Eltern im Elternbett – es könnte so schön sein. Manchmal klappt es tatsächlich. Häufiger sieht es jedoch so aus: Judith fehlt morgens, stattdessen liegt ein kleiner schnarchender David neben mir wie Amor neben Venus. »Wo ist Mami?«, fragt David gleich nach dem Aufwachen anklagend, als hätte ich sie vertrieben. Wir gehen Judith suchen. Sie liegt völlig zerschlagen im Gästezimmer und behauptet, wir hätten beide so laut geschnarcht, dass es trotz Ohrstopfen nicht auszuhalten gewesen wäre mit uns.

Die Steigerung: David kriecht morgens um vier in unser Bett, ohne dass ich viel davon mitbekomme. Erst als er sich offenbar gedreht hat und Judith, wohl im Albtraum, mit seiner kleinen Ferse kräftig unters Kinn tritt, schrecke ich hoch. Sie hatte nämlich gerade ihre Zungenspitze zwischen den Zähnen und brüllt.

Judith droht David mit Haue, David heult empört. Ich trage ihn ins Arbeitszimmer, lege mich mit ihm aufs Gästebett und schlafe, den Jungen im Arm. Irgendwann wird er mir zu heiß und das Neunzig-Zentimeter-Bett mit ihm zu eng. Also lasse ich David im Arbeitszimmer und schleiche mich zurück ins Ehebett. Judith ist aber fort. Ich bin zu müde zum Suchen.

Am nächsten Morgen finde ich sie in ihrem Lesesessel im Wohnzimmer. Eine total erschöpfte Judith, im Sitzen schlafend, sieht mit Bäuchlein, Doppelkinn und schlafwirrer Mähne echt gruselig aus, wie Balzac nach einem Schlaganfall. Sie sagt, nachdem ich sie mit einem Becher Kaffee wiederbeleben konnte, sie habe sich, als sie David nachmittags aufs Klettergerüst gehoben hätte, irgendetwas gezerrt und fände gerade nur im Sitzen Schlaf. Also verbringt sie ein paar Nächte im Sessel, bis sich ihr Rücken wieder entspannt hat.

In der dritten Nacht schlafen Judith und ich tief und fest. Bloß am nächsten Morgen um fünf, als ich auf dem Weg zur Toilette nur einmal kurz in die offen stehende Tür schaue, ist das Kinderbett leer. Wo ist David? Im Gästezimmer ist er nicht. Auf dem Sofa auch nicht, ebenso wenig in der Badewanne oder im Wäschekorb. Panisch wecke ich Judith: »Er ist zur Wohnungstür raus!« Doch der Schlüssel steckt und abgeschlossen war auch. Schließlich sieht Judith, dass sich das Plaid in ihrem Lesesessel minimal hebt und senkt. Als sie es lupft, entdeckt sie darunter den schlafenden David. Er wollte vielleicht auch einmal dort schlafen, wo seine geliebte Mami geschlafen hat. Gerührt hebt Judith das erst neunzig Zentimeter große Kind auf und trägt es in unser Ehebett. Ich bleibe erschöpft auf dem Sofa liegen. Es gelingt mir, dort noch eine Stunde zu schlafen, bis der Wecker geht.

Oder David kann trotz stundenlangen Schneeflöckchen-Singsangs und ähnlicher Maßnahmen nicht schlafen. Wir kapitulieren und lassen ihn bei uns im Ehebett, obwohl wir eigentlich zärtlich sein wollten.

Judith urteilt, wir können auch mit schlafendem Kind zärtlich sein, findet es aber unerotisch, wenn ich während des Akts die halbe Zeit die Luft anhalte, aus Angst, mir könnte ein Lustschrei entfahren und David wecken. Also ziehen wir um aufs Sofa. Dort atme ich jedoch nur minimal entspannter, weil unsere Trennwände wie Papier sind. Beim Orgasmus hauche ich »Ach!«, wie eine Figur aus »Die Leiden des jungen Werther«, und Judith rauscht zornig ins Arbeitszimmer, einen Band »Mein heimliches Auge« zur Masturbation unterm Arm.

Ich bin traurig. Außerdem kann ich auf dem durchgelegenen Bettsofa nicht gut liegen. Also ziehe ich um auf den Fußboden. Dort findet mich Judith am nächsten Morgen und glaubt zunächst, ich wäre tot. Ihr aufgeregtes Wimmern rührt mich und zumindest geben wir uns einen langen schmelzenden Kuss, wenn es schon mit dem Sex nicht geklappt hat.

Und so weiter und so fort. Mal wache ich im Ehebett auf, mal auf dem Sofa, mal im Arbeitszimmer oder im Lesesessel. Judith ergeht es genauso. Einmal habe ich sie morgens sogar auf dem Klo gefunden, wo sie, ein Magazin auf dem Knien, eingenickt war. Seit David, dem Gitterbett entwachsen, ein normales Bett hat, ist eine neue Variante hinzugekommen: Mama soll sich beim Schneeflöckchen-Singen (»Scheißflöckchen«, knurrt Judith, wenn David nicht hinhört) neben David legen, sonst droht er mit Riesengeschrei und damit, nie, nie mehr einzuschlafen.

Da David wirklich nur abends tyrannisch ist, aus Furcht vor dem Abgrund der Nacht, und Mama todmüde, gibt sie nach. Bei »Schneeflöckchen, du deckst uns die Blümelein zu« fallen ihr selbst die Augen zu. Judith steckt den Kopf ins dunkle Zimmer, sieht, dass ich in Davids Bett eingeschlafen bin, und holt David zu sich ins Ehebett, damit ich ihn »im Schlaf nicht erdrücke«, wie sie mir am nächsten Morgen gesteht. So fett bin ich nun auch nicht, denke ich sauer, schlucke aufkeimende Zankworte jedoch routiniert herunter. Jedenfalls sehe ich beim Aufwachen ein Dinosaurier-Mobile über mir und bin von Plüschtieren umringt. Vor mir steht David, bietet mir ein halb zerkrümeltes Croissant an und fragt »Gut geslafen?«.

Und das fast Nacht für Nacht, ohne Pardon.

Eigentlich geht es uns gut, seit Judith aus dem Kosovo zurück ist. Wir fühlen uns endlich komplett als Familie. Die Mutter-Kind-Kur an der Ostsee im März sehne ich dennoch herbei. Judith sagt, sie hätte auch gerne eine.

Die Erscheinung

Kennen Sie die Müngstener Brücke bei Solingen? Jedenfalls blieb der Zug genau dort stehen, 107 Meter über der Wupper. Eigentlich hatte ich zur Mapplethorpe-Ausstellung nach Düsseldorf gewollt, aber die Bahn in Nordrhein-Westfalen ist mittlerweile so unberechenbar wie »Alice im Wunderland«; man weiß nie, wo man landet, und der Zug ist voller Irrer, mit dem weißen Kaninchen als Lokführer.

Stumm blieb ich auf meinem Sitz und gab mich hinsichtlich Mapplethorpes für dieses Wochenende geschlagen. Ab und zu wagte ich einen Blick in die Tiefe. Die Wupper ist ein völlig unterschätzter, dramatischer Fluss, in dem schon so mancher Verkehrsteilnehmer aufschlug und ertrank. Nicht umsonst spricht man vom Sterben als »über die Wupper gehen«. Da ging die Tür auf und eine große Blondine Mitte fünfzig kam ins Abteil. Sie war sehr schön, mit einer großen fleischigen Nase und einer schon leicht mürben, weich gepflegten Haut. Die graue Tweedjacke hatte sie mit einer dunklen Edeljeans kombiniert, dazu halbhohe hellbraune Stiefel. Geschäftsfrau, nahm ich an.

»Ach hallo«, sagte sie. »Wir haben uns doch eben schon gesehen, im Intercity.«

»Ja«, bestätigte ich. »Das stimmt.« Und verstummte wieder. Manchmal ist man einfach fertig mit dem Schicksal. Weil man sich das erste Mal nach gut zwei Jahren Babypause aufgemacht hat, um eine schweinische Ausstellung zu besuchen, und dann verfährt sich der beschissene Zug.

»Und jetzt stehen wir hier.«

Ich grunzte unmutig.

»Meine Schwester wartet in Remscheid bestimmt schon auf mich, ich komme hier aus der Gegend.«

Sah man mir das Mitleid an? Ich wollte hier nicht tot begraben sein. Erneut wagte ich einen vorsichtigen Blick in den Abgrund. Wupper. Blaugraues industrieverseuchtes Wasser, das das Bergische Land mit seinen komplett charmefreien Menschenfeinden und Eiferern durchströmt. Ich wollte nur noch nach Hause, nach Köln. Wenn schon nicht zu Mapplethorpe und seinen weißen Lilien und schwarzen Schwänzen, dann wenigstens in prickelnd unmoralische Domnähe.

Die Dame ließ nicht locker. »Und wo müssen Sie hin?«

»Nach Köln.« Ich muss nicht, ich will.

»Werden Sie auch erwartet?«

Jetzt kapitulierte ich vollends. Eine halbe Stunde Tagträumerei aufgrund der Verspätung – Balsam nach Monaten Familienschichtdienst – würde mir offenbar auch nicht gegönnt werden.

»Ja. Meine Lebensgefährtin und unser Sohn warten auf mich. Ich habe ihnen eben eine SMS geschickt.«

Die Stille im Abteil hätte man schneiden könne. Toll, jetzt saß ich hier mit einer homophoben Schnatze fest. Ich überlegte, ob ich unter einem Vorwand wie »Entschuldigen Sie, ich muss mal« das Abteil wechseln sollte. Die Dame musterte mich mit aufgerissenen Augen von oben bis unten. Sie erinnerte mich ein bisschen an Camilla Parker-Bowles mit ihrem Tweed und dem kräftig-sportlichen Rumpf einer englischen Landadligen, durchaus ein bisschen pferdig. Dabei musste sie, selbst wenn sie aus Ennepetal oder Velbert kam, schon einmal etwas von Lesben gehört haben. So abgeschieden sind diese Regenlöcher im Zeitalter der Telemedien auch nicht mehr.

Schließlich schien ihr Scan durchgelaufen zu sein und sie kam zur Ruhe. »Ach!«, war alles, was sie hervorbrachte, während sie mich weiterhin anstarrte. Dabei machte sich in mir allmählich das merkwürdige Gefühl breit, dass sich ihr Gaffen aus einer Art Bewunderung zu speisen schien. Gab es auch Schwulenmuttis für Lesben?

»Darf ich Sie etwas fragen?«, piepste sie schließlich mit tonloser Stimme und Schweißperlen auf der Stirn, während sie sich Mühe gab, betont entspannt ins Rückenpolster der Sitzbank zu sinken.

»Bitte«, sagte ich, peinlich berührt, »fragen Sie.« Wer weiß, was jetzt kam.

»Sie sagten eben«, sie räusperte sich, »uhum, ›Lebensgefährtin‹. Habe ich Sie recht verstanden?«

»Ja«, sagte ich. Unzweifelhaft hatte ich das gesagt. Draußen wurde es bereits dunkel, mit einem düster schattierten Wolkenbruchhimmel, durch den in der Ferne erste Gewitterblitze fegten. Die Müngstener Brücke stand seit 1897 und hatte bereits diverse Unwetter plus zwei Weltkriege überstanden, redete ich mir ein. Aber heutzutage wusste man ja nie. Vielleicht verschoben Schrottschmuggler inzwischen Streben nach Russland?

»Pardon.« Jetzt wurde die Dame mir gegenüber rot.

»Keine Ursache«, sagte ich, jetzt etwas freundlicher. »Kein Problem.«

»Wissen Sie«, eine handcremegepflegte Hand mit relativ kurzen tomatenroten Fingernägeln legte sich auf meine Hand. Sie musste bereits seit einer Weile im Rheinland leben, schätzte ich. Echte Bergische würden sich niemals zu solch einer öffentlichen Intimität hinreißen lassen. Düsseldorf, schätzte ich anhand ihres Aussehens. Dann stockte sie wieder.

»Ich habe so etwas noch nie empfunden!«

»Bitte?«, fragte ich irritiert und begann insgeheim wieder, die Verzeihung-Ich-muss-mal-Exit-Option ins Auge zu fassen.

Wie gesagt, der Nahverkehr in Nordrhein-Westfalen ist voller seltsamer Gestalten, von der Grinsekatze bis zum Hutmacher, und ich hatte zu viele eigene Probleme, um auch noch Beichtstuhl für vereinsamte Fremde zu spielen, alles was recht ist.

Sie schluckte und setzte dann wieder an: »Ich habe so etwas noch nie empfunden. Der Hammer.« Ihre Finger kneteten die Knöchelchen meiner Hand, bis sie heiß wurde. Es war ein bisschen unangenehm, diese massive Reizung der Knochenhaut, aber ganz charmant. Herzlich, vertraulich, ein Gespräch unter Frauen. Ich spürte, dass ich in den vergangenen Monaten zu wenig berührt worden war. Angenehm. Entspannung machte sich in mir breit.

»Worum geht's?«, fragte ich schließlich in einem dezent aufmunternden Ton.

»In der Bahn neulich. Auch in der Bahn …«

»Ja?«, gurrte ich wieder, zunehmend gespannt, wenngleich die Befürchtung, es könnte sich bei meinem Gegenüber um eine entflohene Insassin der forensischen Psychiatrie handeln, weiterhin in meinem Hinterkopf stand.

Sie beschloss zu reden. »Also, ich saß da im ICE an meinem Laptop, am Vierertisch, aber ganz allein im Abteil, es war gegen Mitternacht, und da ging plötzlich die Tür auf. Eine Frau stand in der Tür, blond, gepflegt, langbeinig, um die dreißig. Sie ging langsam, mit einem wiegenden breithüftigen Gang, auf mich zu, blieb vor mir stehen und sagte …«

»Ja?« Ich sollte Psychiaterin werden. Meine Hand schmerzte. Mein Solarplexus glühte. Es war schön, geknetet zu werden, egal an welchem Körperteil. In wenigen Minuten würde ich tatsächlich auf die Zugtoilette müssen, wenn ich nicht vor Entspannung die Blasenkontrolle verlieren wollte.

»Also, sie sagte …«

»Ja?« Ich legte meine freie Hand begütigend auf ihre Knethand. Verständnis, Mitmenschlichkeit, ach wie wichtig. Schnurr.

»Sie sagte … also … Sie sagte: ›Darf ich mal an Ihre Maus?‹«

Schweigen. Mein Beckenboden tat sein Mögliches, um nicht schlapp zu machen.

Ich wiederholte stereotyp: »Darf ich mal an Ihre Maus?«

Die Dame hob meine Deckhand an ihre Wange, küsste sie zart auf die Fingerspitzen und sagte: »Ja und ich dachte nur: ›Warum eigentlich nicht?‹«

»Warum eigentlich nicht«, echote ich wie elektrisiert. Sex – da war doch mal was …

»Ich meine, ich hatte noch nie was mit einer Frau und dann kam sie und …«

»Und?« Ich weinte fast vor Verlangen nach dem in Milch und Vollkornkeksen untergegangenen Verlangen nach dem Verlangen nach dem Verlangen.

»Und sie suchte sich dann die nächste Zugverbindung ab Augsburg heraus, bedankte sich höflich und verschwand im Gang. Ich habe sie nie wieder gesehen. Aber seitdem halte ich in allen Zügen, auf allen Bahnhöfen nach ihr Ausschau. Nach ihren Ebenbildern.«

Draußen donnerte es. Die Dame saugte inzwischen zart an meinen Fingerspitzen. Ich sah auf meinen Ehering. Draußen donnerte es, die gewaltige Stahlkonstruktion unter uns kam durch die aufkommenden Winde ins Schwanken, oder bildete ich mir das nur ein? Es begann zu regnen. Die Heizung pfiff. Ich wurde nass. Mein Kopf wurde leer. Die Dame nestelte an meiner Bluse und öffnete den ersten Knopf. Ich hielt ihre Hand fest. Fest. Sie hielt inne, ernst, und ließ sich schließlich zurück ins Polster fallen.

»Auf jeden Fall nehme ich das jetzt ernst – mit siebenundfünfzig Jahren! Ich muss dem einfach nachgehen. Ich war schon in einem Beratungszentrum für Frauen wie … wie …«

»Lesben«, sagte ich schwach. Meine arme Blase.

Mein armes Herz.

»Ja, ich werde sie finden! Lesben. Ich werde ein neues Leben beginnen!« Sie schwitzte vor Erregung. Ich wollte ihre gepuderten Velourslederwangen streicheln, schlug mir innerlich aber auf die Finger. Sollte jemand anders die Coming-out-Hebamme spielen – ich war verheiratet und gerade vollends mit meinem eigenen Überleben beschäftigt.

Viel Spaß, dachte ich, sympathisierend und zynisch zugleich. »Lesbisch sein heißt, dazu verdammt zu sein, sein Leben in einem Mädcheninternat zu verbringen«, hatte es eine Freundin von mir einmal ausgedrückt. Ich spürte, dass ich bereits in die Slipeinlage tröpfelte.

»Entschuldigung, ich muss mal«, sagte ich. Es kam mir inzwischen einstudiert vor, war aber das rechte Wort.

Als ich zurück ins Abteil kam, war die Dame verschwunden. Wo sie gesessen hatte, lag eine kleine Fellmaus, ein Spielzeug für Katzen. Ich steckte sie in die Hosentasche und setzte mich. Der Zug fuhr an und zockelte über den Orkus.

»Der Spruch mit der Maus ist gut«, dachte ich lächelnd. Vielleicht käme ich ja aus irgendeinem Grund irgendwann einmal wieder in die Verlegenheit, eine Frau anbaggern zu müssen.

Oma

Im Krankenhaus kam eine Fotografin und bot an, Profi-Fotos von David und uns zu machen. Da sie Judith nicht so recht einordnen konnte, wagte sie den Gang durch die Mitte und fragte jovial: »Und Sie sind die Oma?« Was Judith unendlich knickte. Und an ihr haften blieb: Ständig wird sie für Davids Oma gehalten und das, obwohl ich nun nicht so sehr viel jünger bin als Judith und, sie um zwei Köpfe überragend, bestimmt nicht aussehe wie ihre Tochter. Die Leute schauen einfach nicht hin. Sie halten mich ja manchmal auch für einen Mann, nur weil ich sehr groß bin. Dabei ist mein Busen unübersehbar.

Bis sich Judith in ihre Co-Mutter-Rolle einfand, dauerte es jedenfalls lange. Sie musste ihre Position gegenüber David erst komplett neu erfinden. Als jemand sie neulich wieder für Davids Oma hielt, antwortete sie ihm fröhlich: »Ja, wir sind die Omas – seine Mütter sind leider an Schlafmangel gestorben.« Da wusste ich, dass Judith es geschafft hatte.

Geblieben sind unsere kontroversen Erziehungsvorstellungen. Ich pflege eher einen Laissez-faire-Stil und lasse, einem inneren Kompass folgend, David alles tun, was ihm nicht schadet und mir nicht den letzten Nerv raubt. Judith ist viel prinzipieller, wie ihr Alter, der niedersächsische Landarzt.

Wenn David den Käse in der Hand aus dem Supermarkt tragen will, bekommt sie einen Affen, weil sie findet, er würde nur damit spielen und Lebensmittel gehörten prinzipiell in die Einkaufstasche. Ich hingegen sehe, dass David, mitten im Trotzalter, lediglich auch einen Teil der Einkäufe tragen möchte und lasse ihn gewähren. Wenn der Käse auf den Bürgersteig fällt, macht mir das nichts, weil er ja dick in Folie eingewickelt ist. Ich bitte David nur, ihn rasch wieder aufzuheben, was er auch bereitwillig tut, während Judiths Vorträge lediglich Widerspruch bei ihm auslösen.

Meist toleriert David Judiths Schreierei mit seiner angeborenen Gutmütigkeit, zumal er in anderen Dingen auch viel Spaß mit ihr hat. Judith tobt und kämpft mit ihm herum, spielt unermüdlich mit dem vierstöckigen Parkhaus und macht dazu Brummbrumm-Geräusche – Aktivitäten, die mir, ich leide manchmal unter einer kultivierten Steifheit, überhaupt nicht liegen. Andererseits sehe ich in der Pubertät auch schon einen knackigen Vater-Sohn-Konflikt zwischen David und Judith heraufziehen, so wie Judith einen langjährigen Vater-Sohn-Konflikt mit ihrem eigenen Vater austrug. Eine buddhistisch anmutende Kette des wiederkehrenden Leidens. David kommt, flexibel und heiter, allerdings nach mir, so dass ich hoffe, dass er diese sturen niedersächsischen Vater-Sohn-Konflikte mit seinen Kindern nicht weiterführt.

Ich sehe, dass David einen wohltuenden Einfluss auf Judiths Perfektionismus hat. Früher wäre sie ausgerastet, wenn sie in der Praxis festgestellt hätte, dass ihr Haar schlaff verklebt ist, weil sie im Stress vergessen hatte, sich das Shampoo auszuspülen. Sie hätte eine Taschengeißel hervorgezogen und sich, wie früher ihr Vater, maßlos gezüchtigt für ihren »Fehler«. Als Mutter macht man aber ständig solch einen Unfug, die Belastung ist immens. David lässt beim Abwaschen einen wunderschönen Iittala-Becher, der zwanzig Euro gekostet hat, fallen und man sagt nur: »Oh, wie schade. Holst du bitte mal ein Kehrblech?«

Neulich hat David es echt herausgehauen. Und zwar lagen auf dem Esstisch im Wohnzimmer drei leckere Frikadellen, die Judith vom Wochenmarkt mitgebracht hatte. Als er plötzlich mit einer Bulette in der Hand vor ihrem Schreibtisch auftauchte, hörte ich Judith laut sagen: »Das gibt es doch nicht! Da klaut der sich einfach eine Bulette, statt zu warten oder mich zu fragen!« Eher wird die Hölle kalt als dass ein Zweijähriger in der Lage wäre, seine Impulse zu beherrschen, wenn es um Delikatessen geht, aber egal. »Gib mal her!« Dann ein Aufschrei. Die vermeintliche Bulette entpuppte sich als ein großer Kacki-Klops, den David seiner Mami stolz zeigen wollte, nachdem er sich selbst seiner Windel entledigt hatte. Für einen Moment war Judith sprachlos und lief grün an.

Ich liebe David. Vielleicht gelingt es ihm ja noch, Judith zu erziehen.

Epilog

Andere Lesben

Kürzlich wurde ich gefragt, ob ich als lesbische Mutter schon einmal ablehnende Erfahrungen gemacht hätte. Mir fiel ein sonniger Nachmittag in der Außengastronomie eines Lesbencafés ein. David musste dringend gestillt werden, und Judith und ich dachten, es wäre doch schön, unsere beiden Identitäten bei einer kühlen Apfelschorle miteinander zu verbinden: das Lesbischsein und das Muttersein. Wir hatten nicht nachgedacht. Uns schlug eine ostentative, ja feindselige Gleichgültigkeit entgegen, als wären wir ein voyeuristisches Hetenpaar, das sich zufällig ins Lokal verirrt hätte. Man wollte uns los sein, unter sich. Niemand lächelte uns kurz wohlwollend an, wie es in vielen anderen Cafés die Regel war. Niemand winkte dem Baby zu.

Jüngere Frauenpaare um uns herum bekommen gerade wie irre Kinder. Es wird »normal«.

Trotzdem wiederholten sich Erfahrungen wie diese in unterschiedlicher Form. Kontakte mit lesbischen Freundinnen dünnten aus, weil sie sich durch das Baby von uns entfremdet fühlten. Ein schwules Freundespaar begann uns sogar zu meiden. Die Männer warfen uns vor, dass wir in eine Samenbank gegangen seien und uns den

Vater dort per Katalog ausgesucht haben, für ein »Designerbaby«. Als ob heterosexuelle Frauen mit Kinderwunsch keinen heimlichen Kriterienkatalog im Kopf hätten, nach dem sie den Vater ihrer Kinder wählen. Fortpflanzung – sofern sie nicht im Galopp geschah – war schon immer strengster Ratio unterworfen.

Was da genau los ist, vermag ich nicht mit Sicherheit zu sagen. Meine Irritation ist aber immer noch so groß, dass ich es in diesem Buch nicht unterlassen möchte, wenigstens zu mutmaßen. Die offensichtlichsten, plausibelsten Erklärungsversuche werde ich voranstellen, um dann zum Kern meines Verdachts zu kommen: unserem Schmerz und seiner Verleugnung.

Zunächst einmal ist es vermutlich nichts Besonderes, dass die meisten Kinderlosen mit Kindern nichts anfangen können. Kinder lernt man im engen Umgang mit Kindern kennen. Tante oder in einer kinderreichen Familien aufgewachsen zu sein, ist schon hilfreich. Bevor ich Mutter wurde, konnte ich mit Kindern nichts anfangen – ja, selbst in seinem ersten Lebensjahr konnte ich mit David wenig anfangen, bis ich mich immer mehr an ihn gewöhnte und ihn zu lieben begann. Das sei ganz normal, sagten mir andere Mütter später.

Dass Kinderlose ein Baby anschauen, als wäre es eine Kack- und Schreibombe, die jeden Moment hochgehen könnte, darf man ihnen nicht verübeln. Sie sind unbeholfen, wissen es nicht besser. Insofern darf man ihnen das Anlächeln des Babys nicht abfordern. Meist sind es Menschen, die selbst Kinder haben, die mit David scherzen. Diese gemeinsame Kinderliebe geht für den Moment, in dem sie sich in der Öffentlichkeit ereignet, durch alle Kulturen und Altersgruppen: In dem Geschäft für türkische Brautmode stehen plötzlich die Verkäuferinnen an der Scheibe und winken David zu, ein Afrikaner fragt mich im afghanischen Supermarkt, ob er ihm einen Schokoriegel schenken dürfe.

Für Kinderlose aber könnte David genauso gut Dackel sein, nach dem Motto »Dein Privatvergnügen, wenn du dir solch ein Lebewesen anschaffst«. Kinder sind aber kein Privatvergnügen, sondern eine allgemeine Angelegenheit. Eltern – angeschlagen, wie sie sind – können jede erdenkliche Hilfe von außen gebrauchen. Ihnen zu sagen: »Das hast du dir selbst eingebrockt, jetzt schau selbst, wie du damit fertig wirst«, ist grausam.

Kurzum, in vielerlei Hinsicht haben Judith und ich, seit wir David haben, mehr mit vielen Heterosexuellen gemeinsam als mit vielen Homosexuellen. Ich habe Heterosexuelle als Eltern und Familienbetreiber deutlich mehr zu schätzen gelernt. Früher dachte ich schnöde: »Ok, die heiraten und kriegen Kinder und werden dafür von der

Gesellschaft gepampert. Viel Glück. Hat mit mir aber nichts zu tun, ihr tut ja auch nichts für mich.« Zwischen mir und Heteros war eine unsichtbare Barriere, selbst zu den engsten heterosexuellen Freunden.

Heute habe ich einfach Hochachtung vor allen, die eine Familie gründen, ob homo- oder heterosexuell. Es ist schön und mutig. Wer kein Kind hat, setzt sich auch nicht der Gefahr aus, womöglich erleben zu müssen, wie es krank wird und stirbt, und daran zugrunde zu gehen. So wie es ein Single aus Überzeugung gar nicht erst riskiert, vom Geliebten verlassen zu werden. Singles riskieren, sich einsam zu fühlen. Ohne Familie erscheint für manche das Leben planbarer, sicherer, vermeintlich schmerzfreier. Ohne Schmerzen lebt aber niemand; wählbar sind nur die Modalitäten.

Auch bei Lesben kommt es vor, dass einfach die richtige Partnerin gefehlt hat, um eine Familie zu gründen, oder der Beruf ließ es nicht zu. Und plötzlich hat man die vierzig überschritten und gibt auf. Mit einem immer wieder mal aufflackernden Zweifel, einem nagenden kleinen Bedauern, das über die Jahre aber müßig geworden ist und das man deshalb zu vergessen lernt. Man legt sich einen Hund zu und reist. Man lernt noch eine nette Frau kennen und gärtnert gemeinsam oder beginnt professionell Salsa zu tanzen. Dergleichen.

Ich habe einige solcher Freundinnen, lesbisch wie hetero, die zufrieden auf die Menopause zusteuern. Manche haben ihre berufliche Erfüllung gefunden und erscheinen mir beneidenswert glücklich.

In Zeiten der planbaren Schwangerschaft muss man einen entschiedenen Kinderwunsch haben, sonst zieht man seine Verwirklichung nicht durch – schließlich gibt es viele Argumente gegen Kinder. Sie kosten, sie schmutzen, lärmen, die Welt, in die man sie setzt, ist grausam. Für Lesben ist die Verwirklichung des Kinderwunsches noch schwerer, weil er politisch unerwünscht ist und ausgeklügelte Beschaffungspläne erfordert. Sie müssen schon einen gewissen Fanatismus entwickeln, um überhaupt in die Nähe von Sperma zu gelangen. Viele sind nicht hartnäckig, der Kinderwunsch bleibt vage und die Zeit verrinnt.

Eben habe ich den ersten Unterschied zwischen Lesben und Heteras angesprochen und komme nun zu meiner Kernthese: dem Schmerz von Homosexuellen und seiner Leugnung als Abwehr. Diesen Punkt muss ich mit Beispielen einkreisen, die Thematisierung fällt auch mir schwer.

Ich hasse die Gefühle, auf die ich hinauswill: zum Opfer geworden und weiterhin Opfer zu sein. Wer ist schon gerne Opfer? Zudem auf diese subtile, verwickelte Art, wie sie für liberale westliche Gesellschaften typisch ist. Trotz aller persönlichen Freiheiten gibt es auch hier Wege, uns niederzuhalten – tückische, weil sie sich nur schwer benennen und nachverfolgen lassen. Die unsere Würde zu schützen vorgeben, sind oft zugleich unsere Feinde. Wer erträgt solch ein grausames Wechselbad auf Dauer, ohne Schaden zu nehmen?

Verstehen Sie mich? Ich muss konkreter werden. Dass ich erst mit knapp vierzig Mutter geworden bin, hat am wenigsten mit langen Ausbildungszeiten, beruflichen Verwirklichungsplänen und fehlender Partnerschaft zu tun, wie bei gleichaltrigen Heteras. Ich bin erst so spät Mutter geworden, weil ich lesbisch bin. Punkt. Man hat mir Jahre meines Lebens gestohlen. Wer ist »man«, um nicht paranoid zu klingen? Unsere Familien an erster Stelle. Als sich abzeichnete, dass unser Lesbischsein nicht nur die erhoffte Phase ist, begannen Judiths und meine Familie, das Interesse an uns zu verlieren. Sie duldeten uns und beschimpften uns nicht, aber jede Ermutigung fehlte.

Wenn sie uns fragten: »Willst du denn keine Kinder?«, antworteten wir, dass wir gerne Kinder hätten. Dafür erhielten wir dann eine Strafpredigt, wie wir denn auf solch eine absurde Idee kämen. Das könne man einem Kind nicht zumuten, egoistische Scheiße.

Dieses Double-Bind zieht sich übrigens durch die Gesellschaft: Einerseits wirft man Lesben und

Schwulen ihre Kinderlosigkeit vor. Andererseits tut man nichts, um uns zur Familiengründung zu ermutigen beziehungsweise erschwert sie und wirft uns vor, unser Kinderwunsch sei egoistisch. Es gibt also keinen Ausweg: So oder so, mit Kindern oder ohne, gelten wir vielen als unsozial, kindlich und egoistisch. Dass wir sozial randständig bleiben, ist von vielen gesellschaftlichen Institutionen, die wir als Steuerzahler selbst mitfinanzieren, gewollt. Ins Gesicht sagen sie es uns jedoch nicht, weil es ihrem Demokratie-Blabla widerspräche. Also müssen wir uns selbst einen Weg durch den Nebel schlagen.

Im Paragraph 16 der Allgemeinen Erklärung der Menschenrechte heißt es, dass heiratsfähige Frauen und Männer das Recht hätten, zu heiraten und eine Familie zu gründen.

Es ist auch eine Sache des Timings. Judith und ich gehören gerade noch zu der Generation, für die es in Deutschland überhaupt denkbar wurde, gemeinsam ein Kind zu planen. Ohne eine gewisse Rechtssicherheit hätten wir es nicht gewagt.

Im Herbst 2001 kam die Eingetragene Lebenspartnerschaft, die uns erst zu Verwandten machte. Vorher hätte ich als Nicht-Verwandte noch nicht einmal das Recht gehabt, bei der Polizei eine Vermisstenanzeige aufzugeben, wenn Judith tagelang nicht aufgetaucht wäre. Kein Krankenhaus hätte mir sagen müssen, ob sie dort eingeliefert wurde.

2005 folgte das Recht auf Stiefkindadoption durch die Co-Mutter. Ich bezweifele, dass ich David mit der Aussicht bekommen hätte, vom Status her alleinerziehend zu bleiben, statt mir die Verantwortung mit meiner Geliebten auch rechtlich zu teilen. Und Judith hätte den Gedanken nicht ertragen, dass ich ihr unseren Sohn bei einer Trennung hätte »wegnehmen« können.

Diese wesentlichen Zugewinne bei den Bürgerrechten kamen für viele, nur unwesentlich ältere Lesben in meinem Bekanntenkreis zu spät. Ich erinnere mich noch lebhaft an Prozesse in den achtziger Jahren, als Müttern, die ihren Mann wegen einer Frau verlassen hatte, das Sorgerecht abgesprochen wurde. In solch einer Atmosphäre bekam man keine Kinder. Man war froh, auf dem klaustrophoben kleinen lesbischen Partnerinnenmarkt überhaupt eine halbwegs passende Freundin zu finden. Diese lebensverzögernde Beklemmung kann ich verzeihen, aber nie vergessen.

Insofern scheint es mir auch eine Generationenfrage zu sein, ob lesbische Paare Kinder bekommen. Bei vielen gleichaltrigen oder älteren Lesben spüre ich jedoch einen grausamen latenten Schmerz, wenn sie uns mit David sehen: den Schmerz über gehemmte Lebenschancen, vergeudete Lebenszeit, Treulosigkeit von Eltern und Geschwistern, brüchige Partnerschaften unter Romeo-und-Julia-Bedingungen, ein Leben am Rande.

Das Herz kann hart und zäh werden wie eine alte Schuhsohle. Man entwickelt beträchtliche Überlebensqualitäten, verhärtet jedoch. Und wenn man ein Baby sieht, kann man vielleicht nicht mehr lächeln, weil man denkt: »Schätzchen, jetzt, wo du süß und undefiniert bist, sagen deine Eltern, sie lieben dich, aber warte nur, solltest du lesbisch werden …« Um das Elend nicht vorauszusehen, wendet man den Blick vom Baby ab, kühl. Selig sind die Sanftmütigen.

Die Frauen in dem Lesbencafé, in dem ich David gestillt habe, waren nach meiner Erinnerung meist über fünfzig. Vielleicht hatten sie sich in ihren Leben so eingerichtet, dass es sie nicht mehr schmerzte, und waren nicht mehr offen für anderes, das ihr Selbstbild herausfordern könnte. Es war mehr als nur das Älterwerden, es war Selbstschutz.

Ich wünsche mir brennend, dass sich schon jetzt unsere Herzen öffnen, dass wir ein volles Leben mit vollen Bürgerrechten leben – ohne Ressentiments, weil es nichts mehr zu beneiden gibt.

Vor allem wünsche ich mir nach dem 2014 beschlossenen Recht zur Sukzessivadoption endlich das gemeinsame Adoptionsrecht für Eingetragene Lebenspartnerschaften: zuerst als gesellschaftliches

Signal, dass unsere Elternschaft erwünscht ist, dann als weitere Möglichkeit für Frauenpaare, ihren Kinderwunsch zu verwirklichen, denn nicht jede will oder kann schwanger werden

Vor allem aber für schwule Paare, die als Männer gegenüber Lesben zwar vielfach privilegiert sind, biologisch aber im Nachteil, da sie selbst nicht schwanger werden können. Es mag hässlich klingen und vielleicht auch nicht stimmen, doch ich glaube, unser schwules Freundespaar hätte sich nicht so giftig von uns abgewandt, hätten die beiden Männer selbst die Möglichkeit, als juristisch vollwertige deutsche Bürger gemeinsam ein Kind zu adoptieren. Schlimmer als ihre eigenen heterosexuellen Eltern können sie nicht sein.

Weitere Bücher aus der Reihe Liebesleben:

Ulrike Voss
Das dritte Mal *Roman, 3. Auflage*

Anna und Beate begegnen sich bei einem Wochenendseminar. Eine heiße Sommernacht, Gewitter, als die Liebe losgeht. Doch beide sind liiert. Anna schwärmt vergeblich. Sie verlieren sich aus den Augen. Eines Tages, Anna ist inzwischen mit ihrem Studium fertig, treffen sie einander wieder. Die Liebesgeschichte nimmt ihren Lauf. Doch Beate wird von düsteren Erinnerungen verfolgt. Auch ihre vorige Beziehung ist noch nicht beendet. Als Beates Vater stirbt, erbt sie das verfallene Elternhaus. Unheimliches verbirgt sich darin. Vergangenheit lässt sich nicht verdrängen. Dramatische Wendungen, heißer Sex und eine düstere Vergangenheit, die die Liebe bedroht. *Ulrike Voss schreibt mitreißend über Sex, Liebe und doppelbödige Gefühle.* (Eisenherz) *288 Seiten, ISBN 978-3-88769-785-3*

Alicia *Roman, 3. Auflage*

Anna und Alicia haben viel Spaß an Sex. Es dauert lange, bis auch Alicia sich für Gefühle öffnet. Doch dann beginnt Anna mit heimlichen Affären, obwohl sie Alicia heiß und innig liebt … und bemerkt nicht, wie sie ihre Liebe durch diese Heimlichkeiten in Gefahr bringt. Eines Tages verschwindet Alicia spurlos. *Viel Erotik, Verwicklungen, Affären, Thrill. Erfrischend ehrlich erzählt.* (Hajo) *256 Seiten, ISBN 978-3-88769-712-9*

Einmal im Dunklen *Roman, 3. Auflage*

Eine große Liebe, oder ist es eine Amour fou, treibt die Protagonistin über die Kanarischen Inseln. Sie ist zerrissen zwischen Bea aus Berlin, und Lucía, die mit dem Zirkus Caracol auf den Inseln unterwegs ist.

288 Seiten, ISBN 978-3-88769-763-1

Alle drei im Paket: ISBN 978-3-88769-666-5

Mein lesbisches Auge 15

Sachtexte, zarte, harte, heitere und erregende erotische Geschichten, Interviews und viele Bilder internationaler Künstlerinnen. Themen der Nummer 15: Jung und alt; sich verlieben: Wie ist es mit 17, wie mit 50?; Alltag versus Leidenschaft; Verhältnis zu Heteras; Schranklesben; die verschiedenen Geschlechter-optionen; Tabus u.v.m.
256 Seiten, ISBN 978-3-88769-715-0

Anne Bax
HerzKammerSpiel *Roman*

Krimi und Liebesgeschichte. Charlotte und Irene lieben sich, doch dann taucht Charlottes Ex auf. Missverständnisse und Alltagspannen führen zu Irenes überstürzter Abreise. Dann verschwindet sie ohne jede Spur. Zugleich ist ein psychisch gestörter Einbrecher in der Gegend unterwegs, Charlottes Mutter und andere sympathisch-skurrile Rentnerinnen versuchen, ihn zu stellen. *Ergreifende Augenblicke voller Trauer und Zärtlichkeit sowie spannende kriminalistische Momente zeigen, wie gut die Autorin ihr Metier beherrscht.* (Martina Mattes, ekz-Bibliotheksservice)
288 Seiten, ISBN 978-3-88769-783-9

Herz und Spiel *Roman, 3. Auflage*

Der erste Krimi rund um Charlotte und ihre Mutter. Charlotte macht auf der Aussichtsplattform des Museumsgasspeichers eine grausige Entdeckung. Journalistin Irene interviewt sie dazu. Irene steht kurz vor ihrer Heirat mit Markus Die Polizei tappt im Dunkeln. Dann findet Charlotte ein zweites Mal Grauenhaftes. Ist sie persönlich gemeint?
288 Seiten, ISBN 978-3-88769-783-9

Weitere Bücher aus der Reihe Liebesleben:

Kali Drische
Neulich im Schrank

Pointiert knapp erzählte Episoden quer durch ein (Liebes-)Leben. Es beginnt mit Kindheit und Pubertät: in der Schule, beim Turnen, die ersten Lieben, eine schreckliche Rache, Außenseiter, Mimosept, der Schwimmtrainer, das Coming-Out und die erste Konfrontation mit dem Wort »Ficken«: Aller Anfang ist schwer.
Wer annimmt, danach, im Erwachsenenleben, ginge es leichter weiter, ohne Scham und Peinlichkeiten, der täuscht sich. Auch im zweiten Teil des Buchs handeln die Kurzgeschichten von heiteren und tragischen Situationen am Rande des Scheiterns: beim ersten Rendezvous, beim Sex, beim Fesseln, in der U-Bahn, beim Arzt.
Und der dritte Teil nähert sich den Paradoxien des Endes.
Mitten in den Widrigkeiten gibt es manchmal auch überraschende Momente der Lust, des Glücks. *192 Seiten, ISBN 978-3-88769-669-6*

Karin Rick
Chaosgirl

Die neue Kollegin Anita ist Lebenskünstlerin, Mutter, die wilder herumtobt als ihre Söhne, auch mal am Steuer stillt und einer Polizeistreife davonzischt. Sex wird zwischen Burgerbuden und Fußballbesuchen eingebaut. Irene verliebt sich unsterblich. Doch es gibt eine Kehrseite des Glücks: Anita hat etwas zu verberge
Rick gelingt es, die Leser das Gefühlschaos hautnah miterleben zu lassen. (Tiroler Tageszeitung)
256 Seiten, ISBN 978-3-88769-727-3

Regina Nössler
Dienstagsgefühle

Eine Frau erwacht an einem Dienstagmorgen neben ihrer langjährigen Freundin. Doch etwas ist anders als sonst. Ihr Liebesgefühl scheint plötzlich verschwunden zu sein. Beunruhigt verlässt sie die Wohnung … Wie beginnt Liebe? Wie hört sie auf? Kommt das Gefühl zurück?
Sie irrt den ganzen Tag durch die Stadt, erinnert sich an vergangene Lieben. Was wird am Mittwoch sein? *Klug, spannend und abgründig-witzig. Eine Achterbahn der Gefühle.* (escape)
224 Seiten, ISBN 978-3-88769-714-3

Die Kerzenschein-Phobie

Sabine und Constanze besuchen dasselbe Seminar. Die erste große Liebe entspinnt sich zwischen den jungen Frauen. Alles ist gut – sexuell und emotional. Doch schleichend macht sich der Wunsch nach immer mehr Nähe breit. Die Liebe wird zur Obsession.
Jahre später lasten die
Schatten der Vergangenheit auf Sabines aufkeimender Liebe zu Anna. Was geschah damals mit Constanze? Hat die Liebe zu Anna eine Chance?
224 Seiten, ISBN 978-3-88769-724-2

Unser Programm:

Erotische Bücher, Thriller, Allgemeine Literatur, Reisebücher. Gerne schicken wir Ihnen auch unser gedrucktes Gesamtverzeichnis.

Henrike Lang aus Norddeutschland war journalistisch tätig, bevor sie sich auf die Belletristik konzentrierte. Vormittags findet man sie mit ihrem Notebook am Tresen eines geräumigen Billigcafés im Kölner Bahnhofsviertel, umgeben von anderem sozialen Gelichter. Wenn der Kindergarten ihres Sohnes David schließt, lässt sie alles stehen und liegen. Ein gänzlich anderes Leben beginnt.
Erzählband mit neuen Episoden demnächst.

2. Auflage

PF 1621, D – 72006 Tübingen
Telefon: 0049 (0) 7071 66551
Fax: 0049 (0) 7071 63539
www.konkursbuch.com
E-Mail: office@konkursbuch.com
Gestaltung: Verlag & Freundinnen
Coverfoto: Anja Müller
Rückcover: Privat (nicht die Autorin)

ISBN: 978-3-88769-735-8
ISBN E-Book: 978-3-88769-886-7